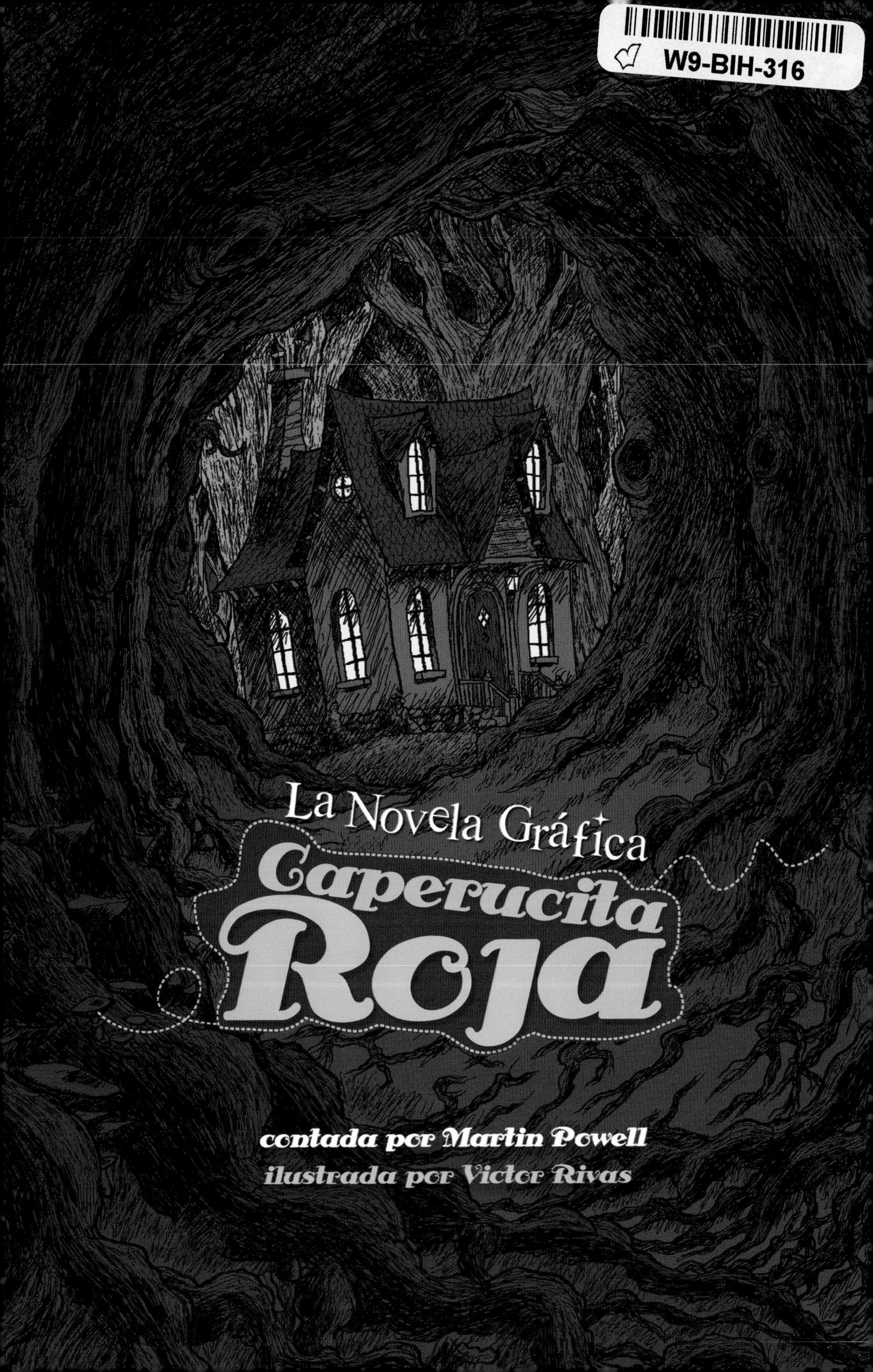
La Novela Gráfica
Caperucita Roja
contada por Martin Powell
ilustrada por Victor Rivas

Graphic Spin es publicado por Stone Arch Books
A Capstone Imprint
151 Good Counsel Drive, P.O. Box 669
Mankato, Minnesota 56002
www.capstonepub.com

Impreso en los Estados Unidos de América, Stevens Point, Wisconsin.
092009
005619WZS10

Data Catalogada de esta Publicación esta disponible en el website de la Librería del Congreso.
Library Binding: 978-1-4342-1903-9
Paperback: 978-1-4342-2315-9

Resumen: Una mañana, la pequeña Rubí emprende el camino para visitar la casa de su abuelita. La niña lleva puesta una capa roja de montar con caperuza para que la proteja de las malvadas criaturas del bosque. Pero, ¿funcionará? Un lobo viejo y hambriento tiene otros planes para ella.

Dirección artística: Heather Kindseth
Diseño gráfico: Kay Fraser
Producción: Michelle Biedscheid
Traducción : María Luisa Feely bajo la dirección de Redactores en Red

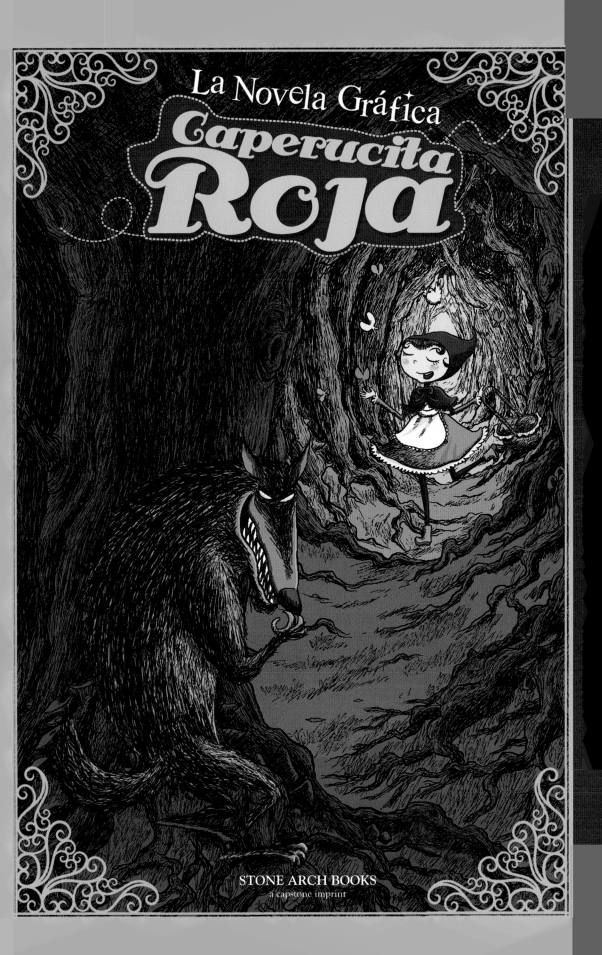

La Novela Gráfica

Caperucita Roja

STONE ARCH BOOKS
a capstone imprint

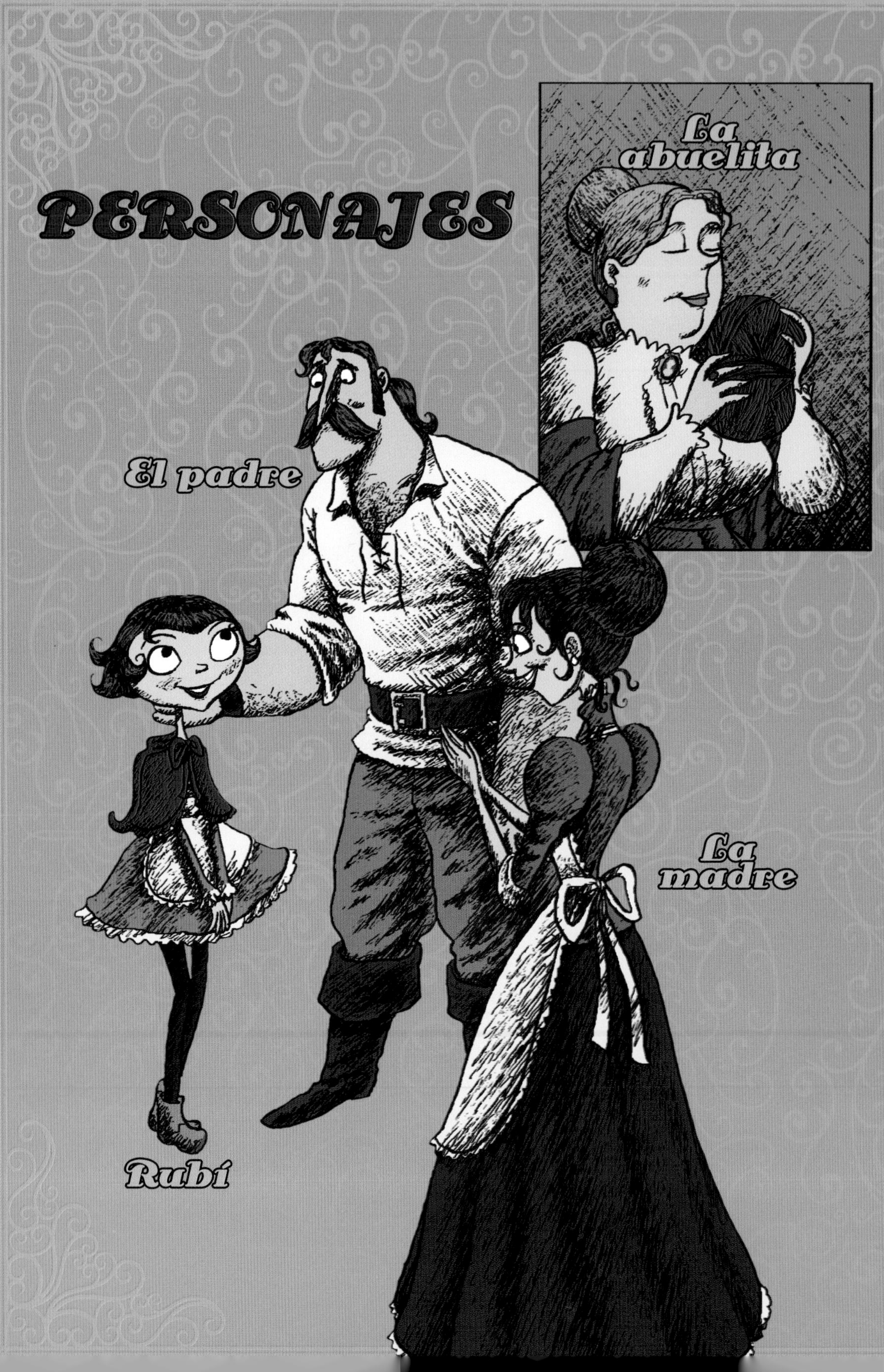
PERSONAJES
La abuelita
El padre
La madre
Rubí

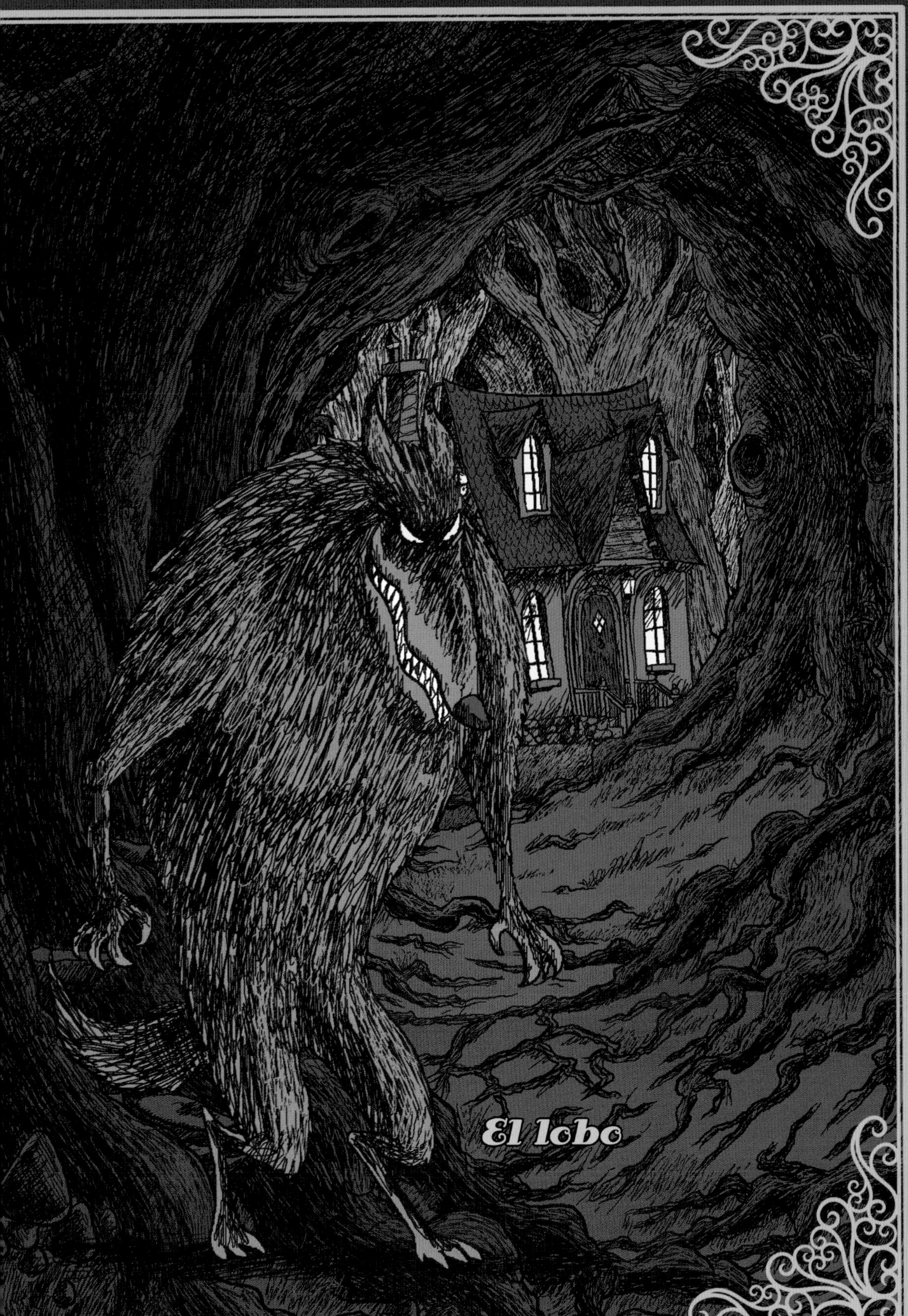
El lobo

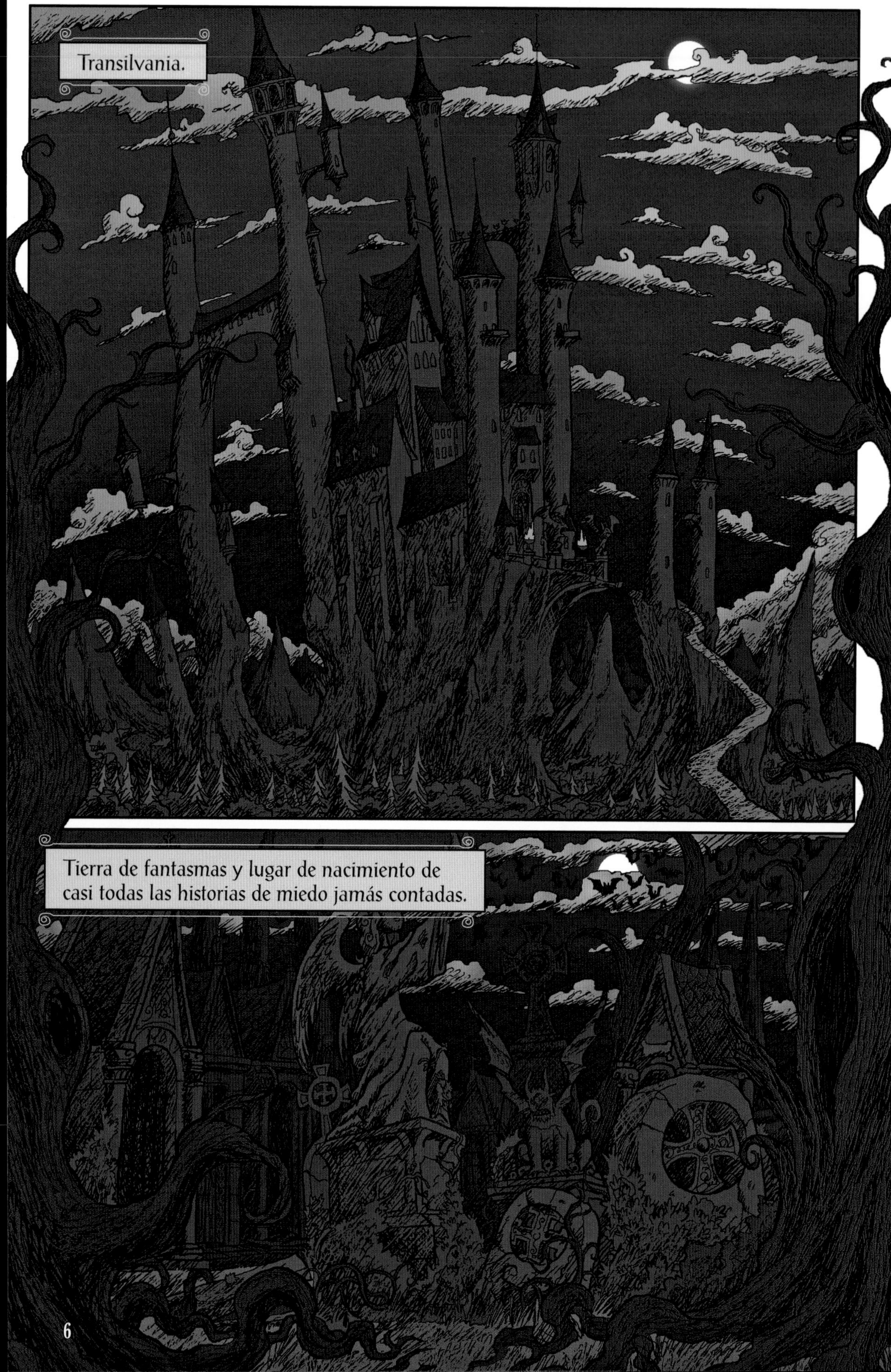
Transilvania.
Tierra de fantasmas y lugar de nacimiento de casi todas las historias de miedo jamás contadas.

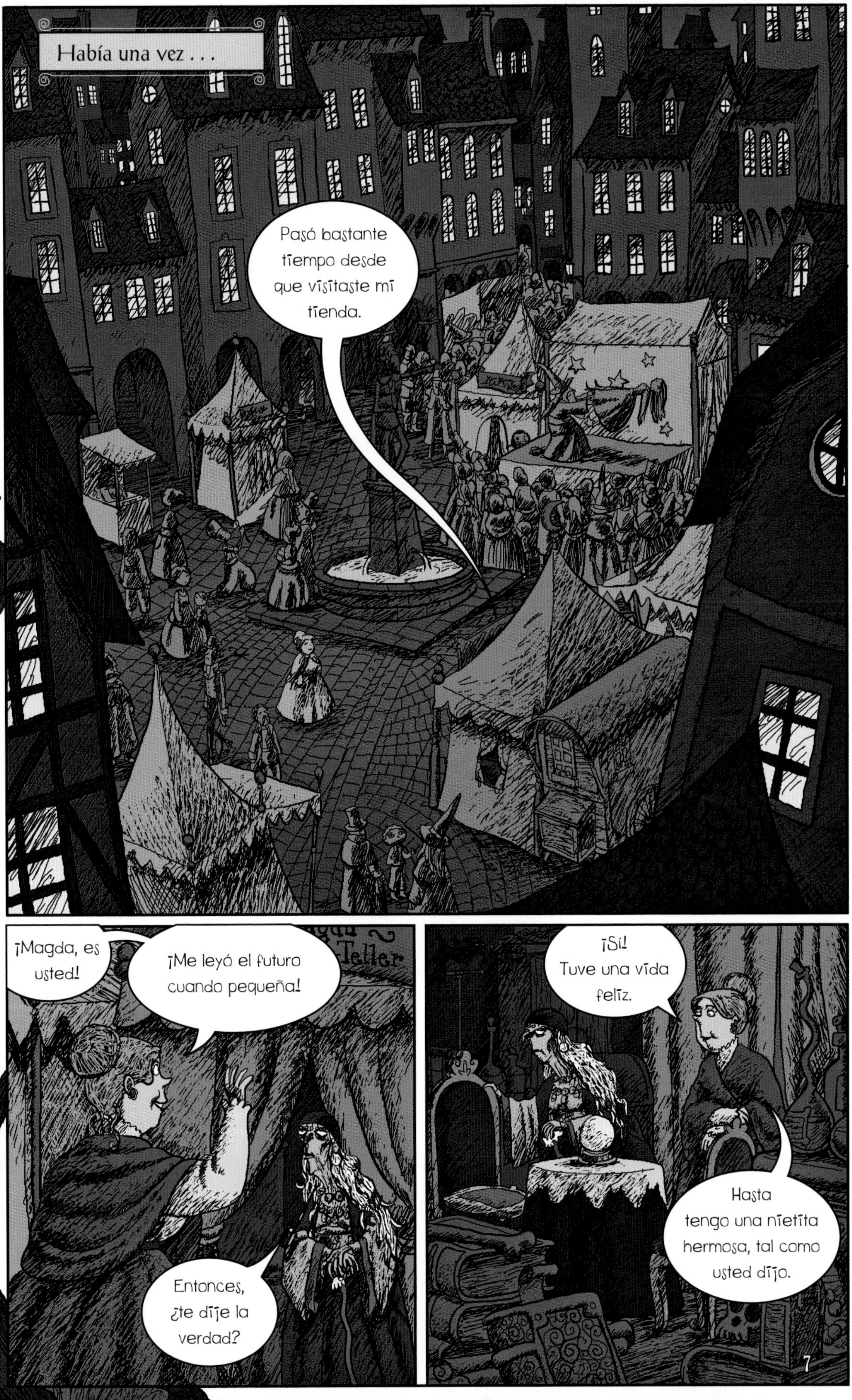
Había una vez . . .
Pasó bastante tiempo desde que visitaste mi tienda.
¡Magda, es usted!
¡Me leyó el futuro cuando pequeña!
Entonces, ¿te dije la verdad?
¡Sí! Tuve una vida feliz.
Hasta tengo una nietita hermosa, tal como usted dijo.

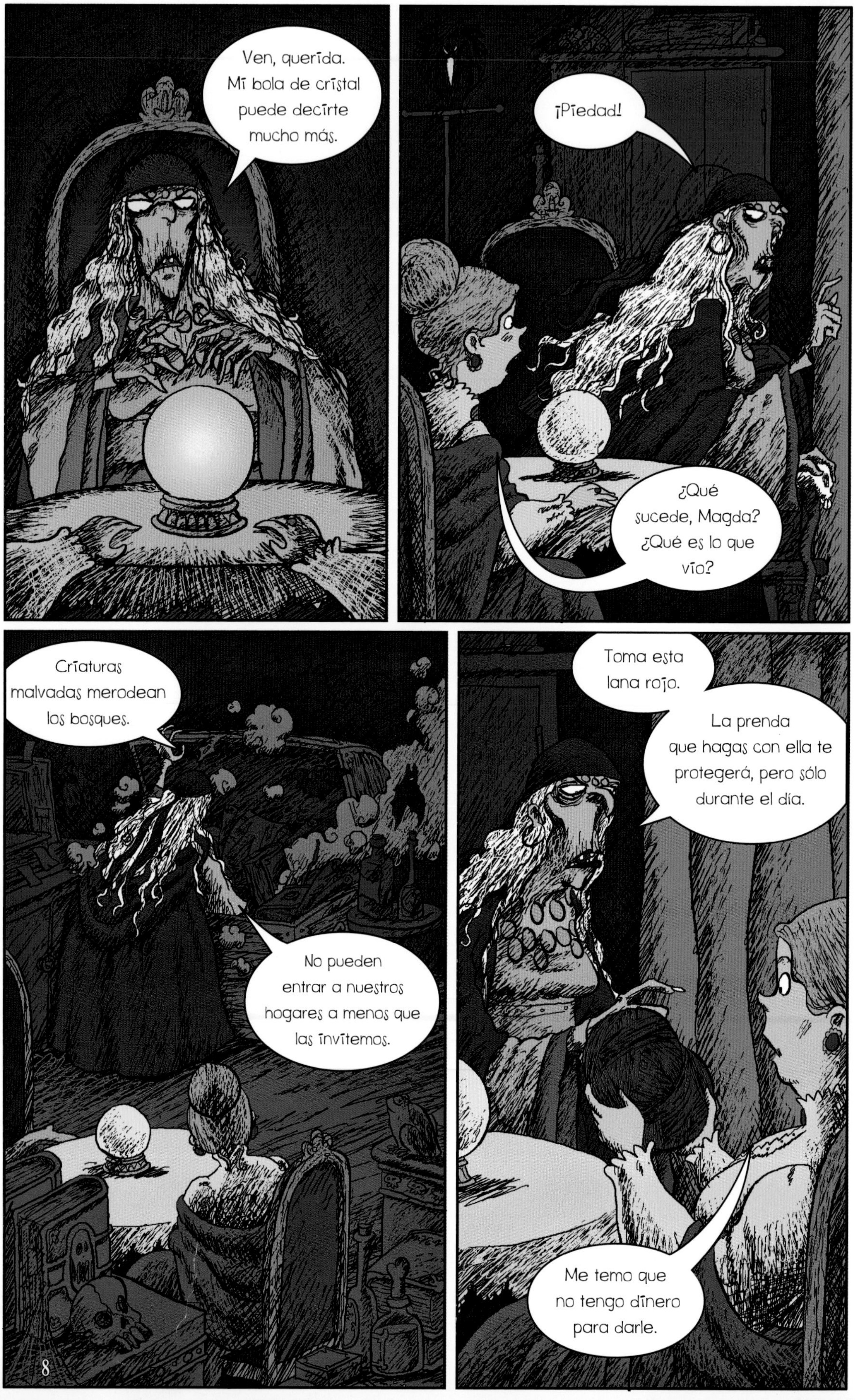
Ven, querida. Mi bola de cristal puede decirte mucho más.
¡Piedad!
¿Qué sucede, Magda? ¿Qué es lo que vio?
Criaturas malvadas merodean los bosques.
No pueden entrar a nuestros hogares a menos que las invitemos.
Toma esta lana rojo.
La prenda que hagas con ella te protegerá, pero sólo durante el día.
Me temo que no tengo dinero para darle.

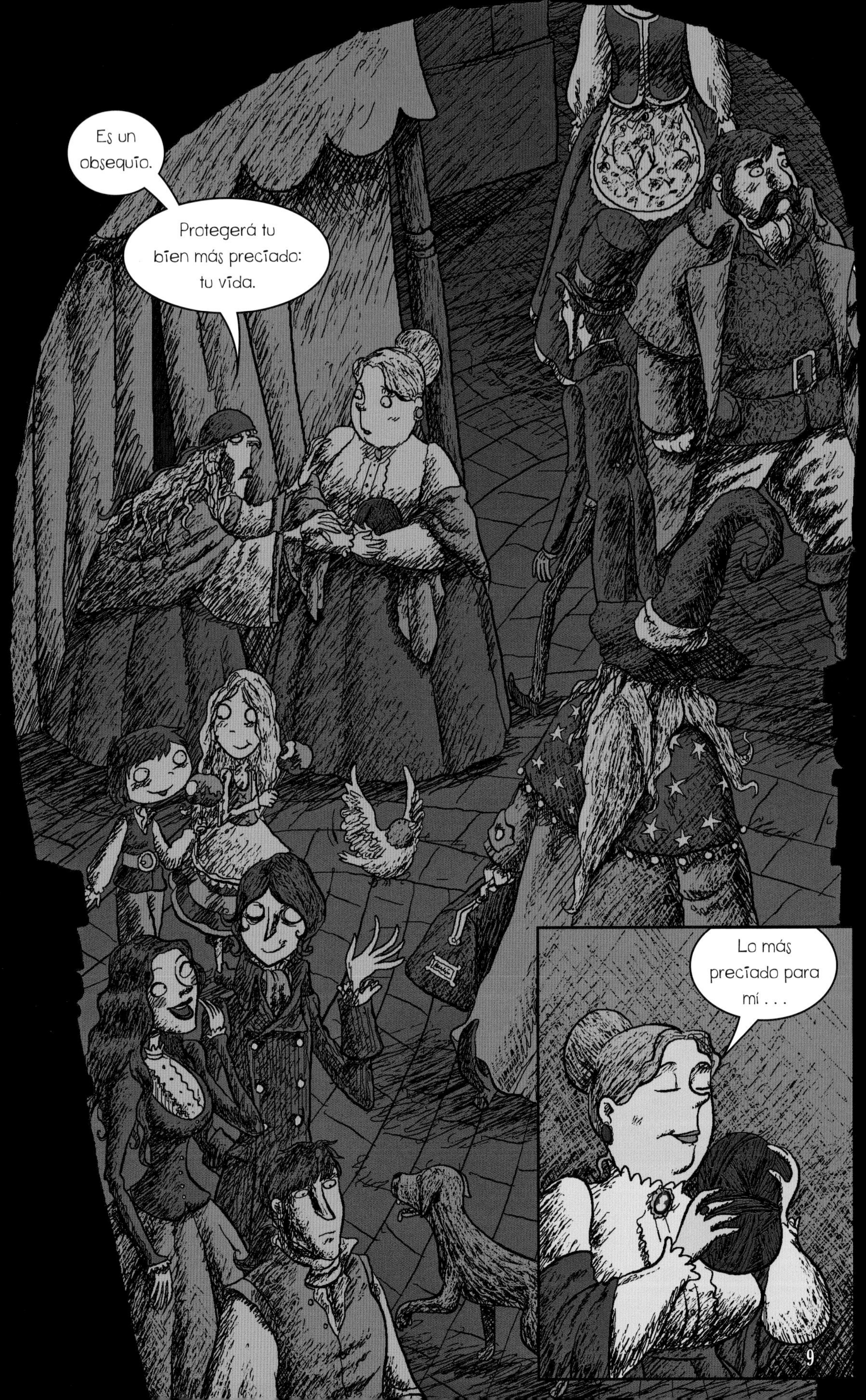
Es un obsequio.
Protegerá tu bien más preciado: tu vida.
Lo más preciado para mí . . .

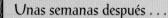

¡Miren qué bonito!

¡Una capa de montar con caperuza! ¡Y en mi color preferido!

Es hermosa, Rubí querida.

A la abuelita debe haberle tomado mucho tiempo hacerla.

¡Ella te quiere más que a nada en el mundo!

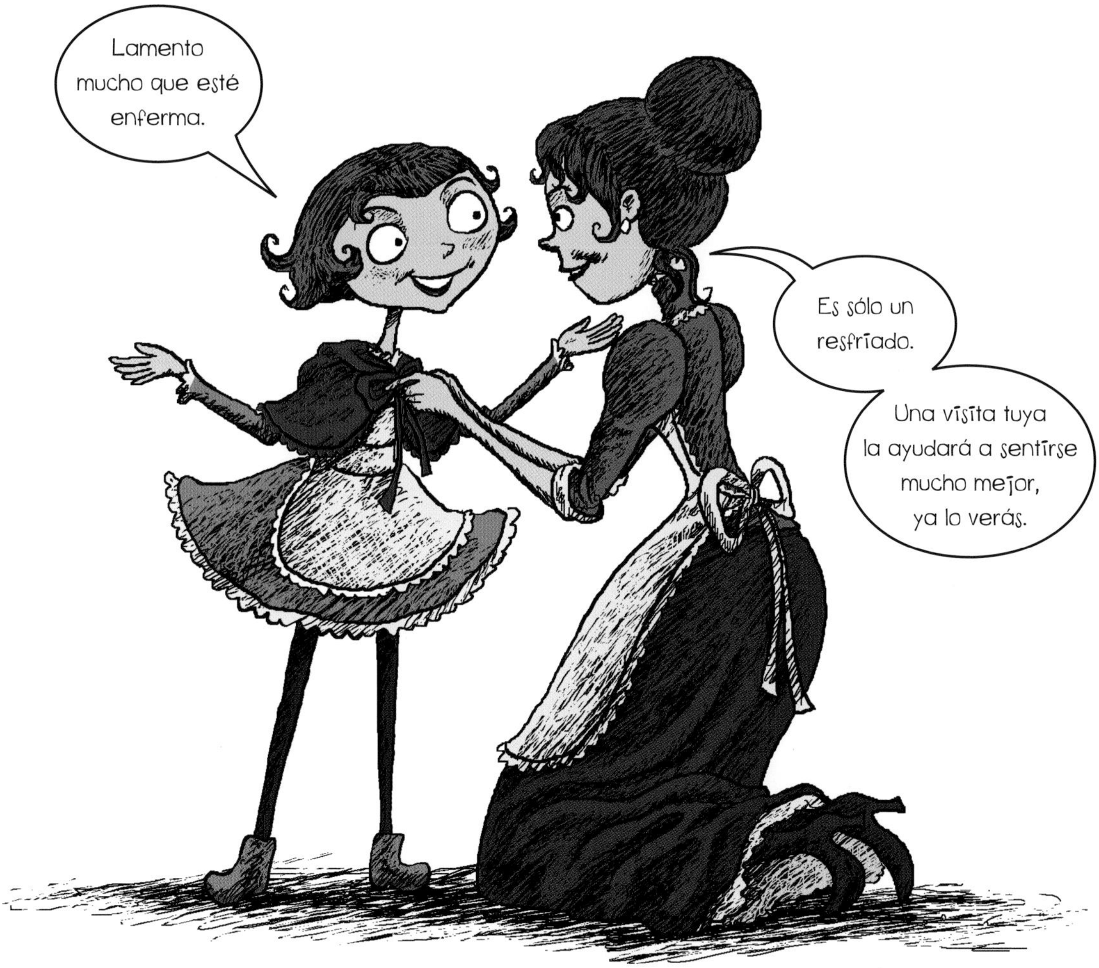
Lamento mucho que esté enferma.
Es sólo un resfriado.
Una visita tuya la ayudará a sentirse mucho mejor, ya lo verás.

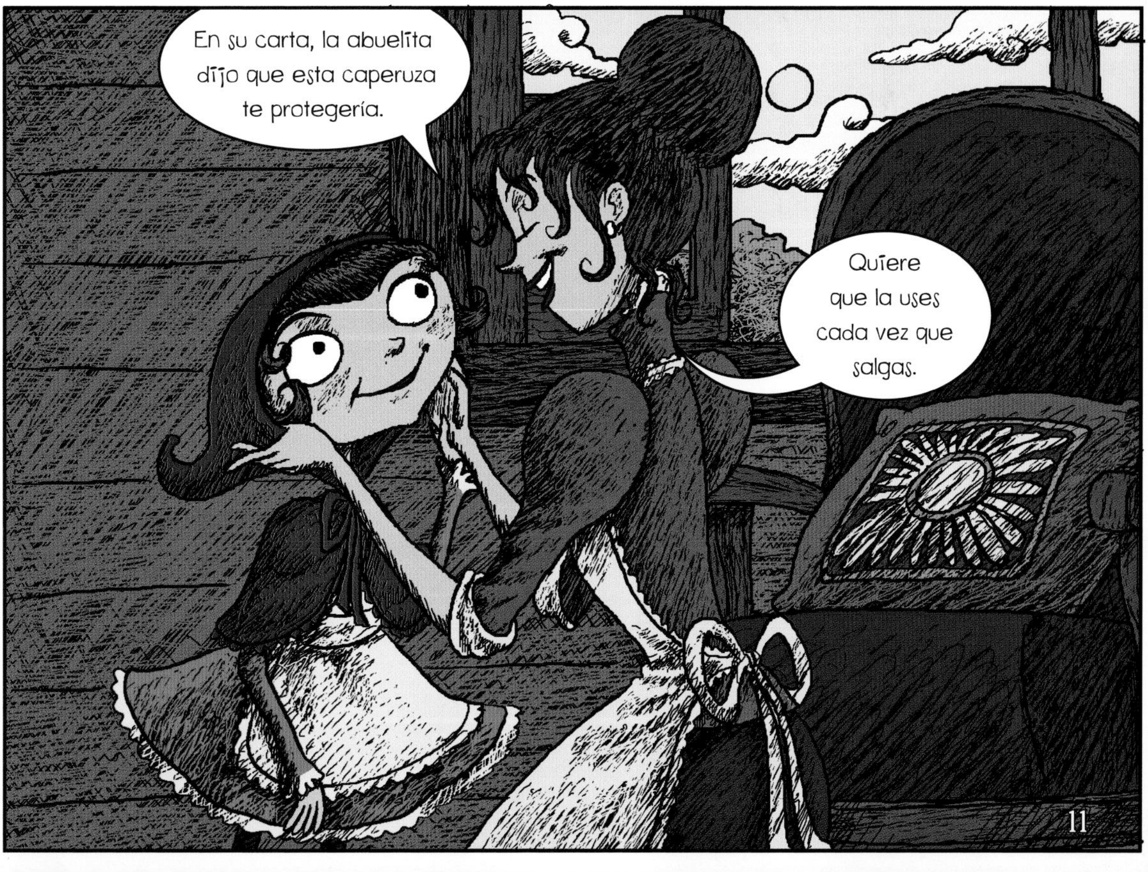
En su carta, la abuelita dijo que esta caperuza te protegería.
Quiere que la uses cada vez que salgas.

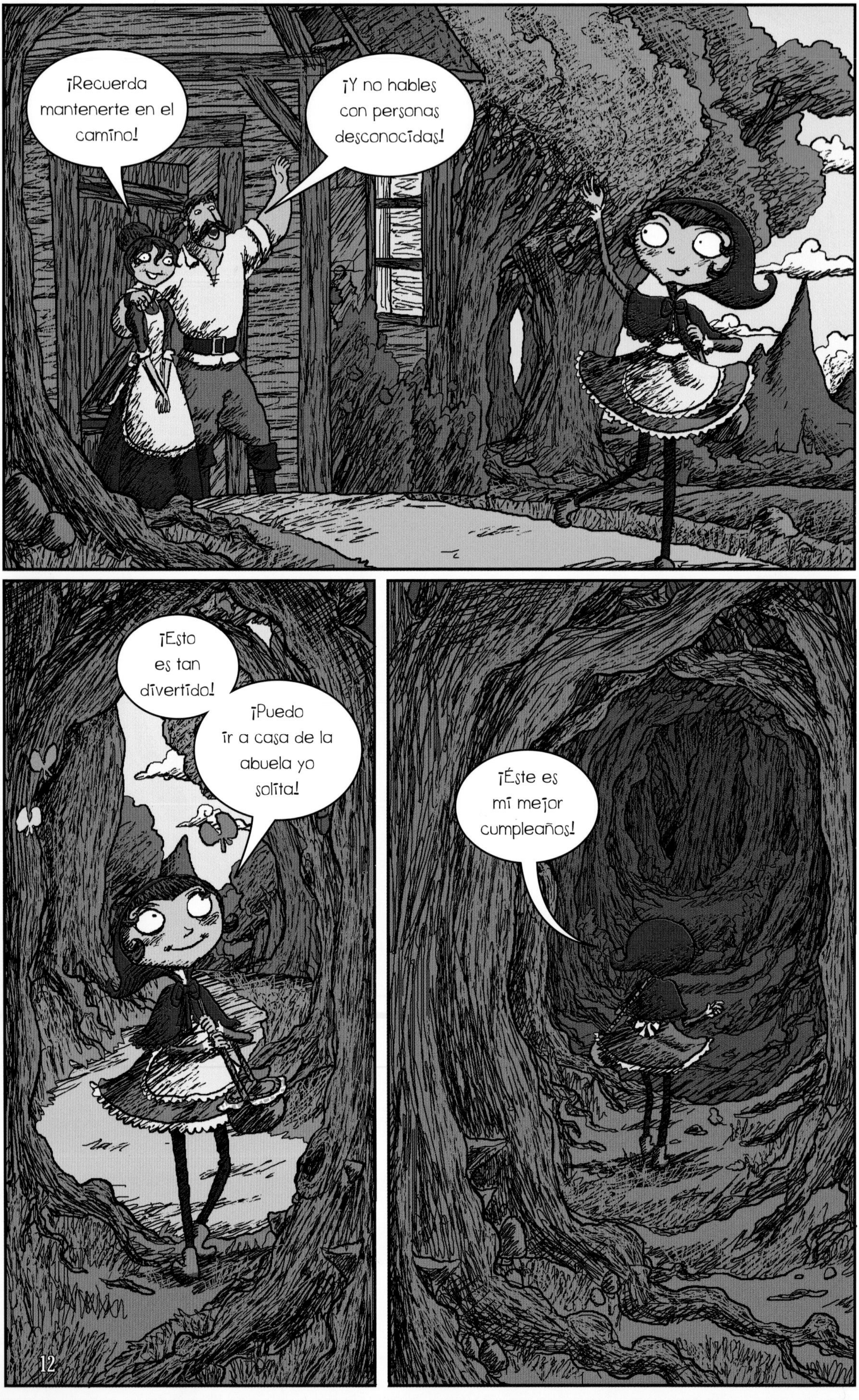
¡Recuerda mantenerte en el camino!
¡Y no hables con personas desconocidas!
¡Esto es tan divertido!
¡Puedo ir a casa de la abuela yo solita!
¡Éste es mi mejor cumpleaños!

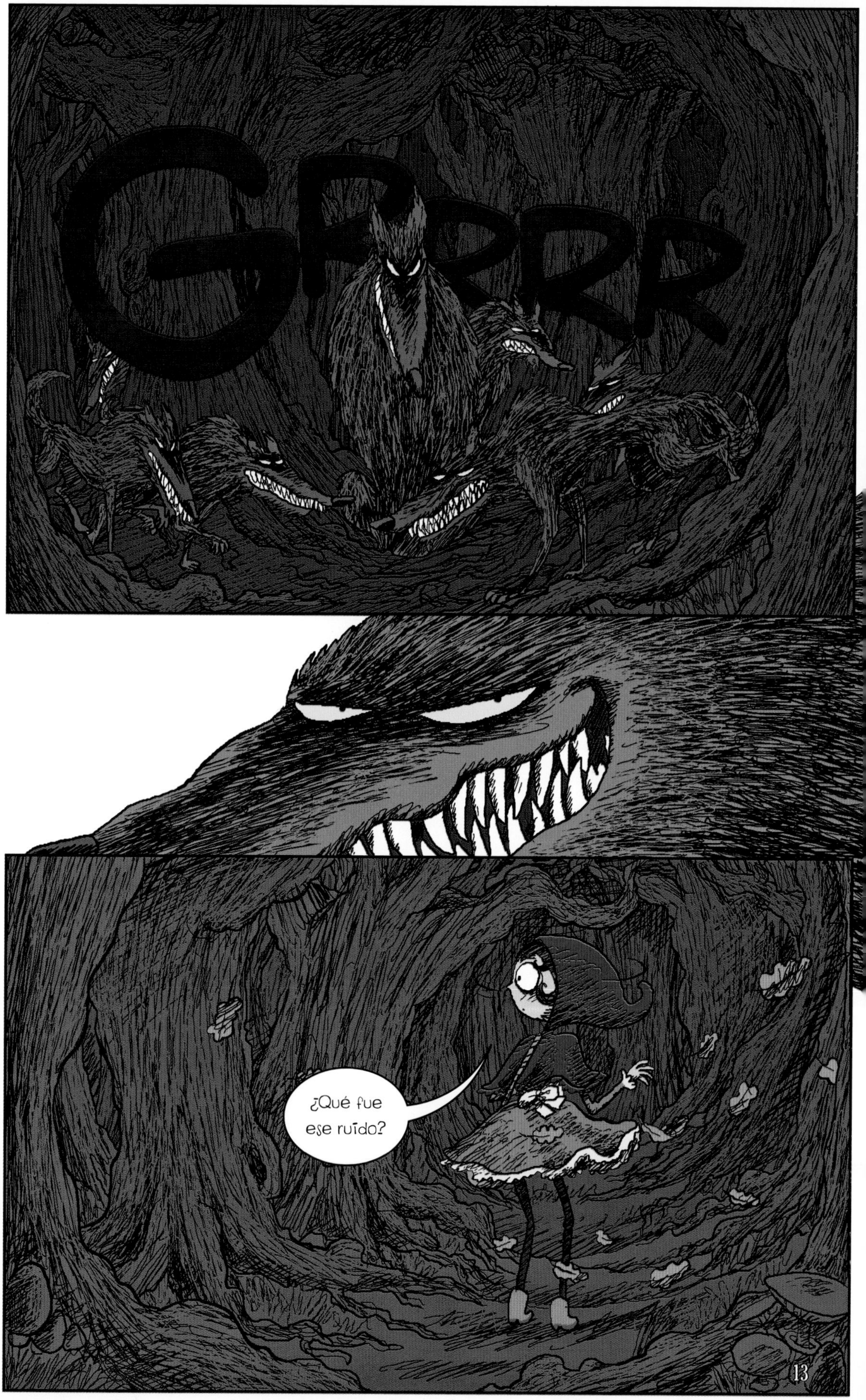
GRRRR
¿Qué fue ese ruído?

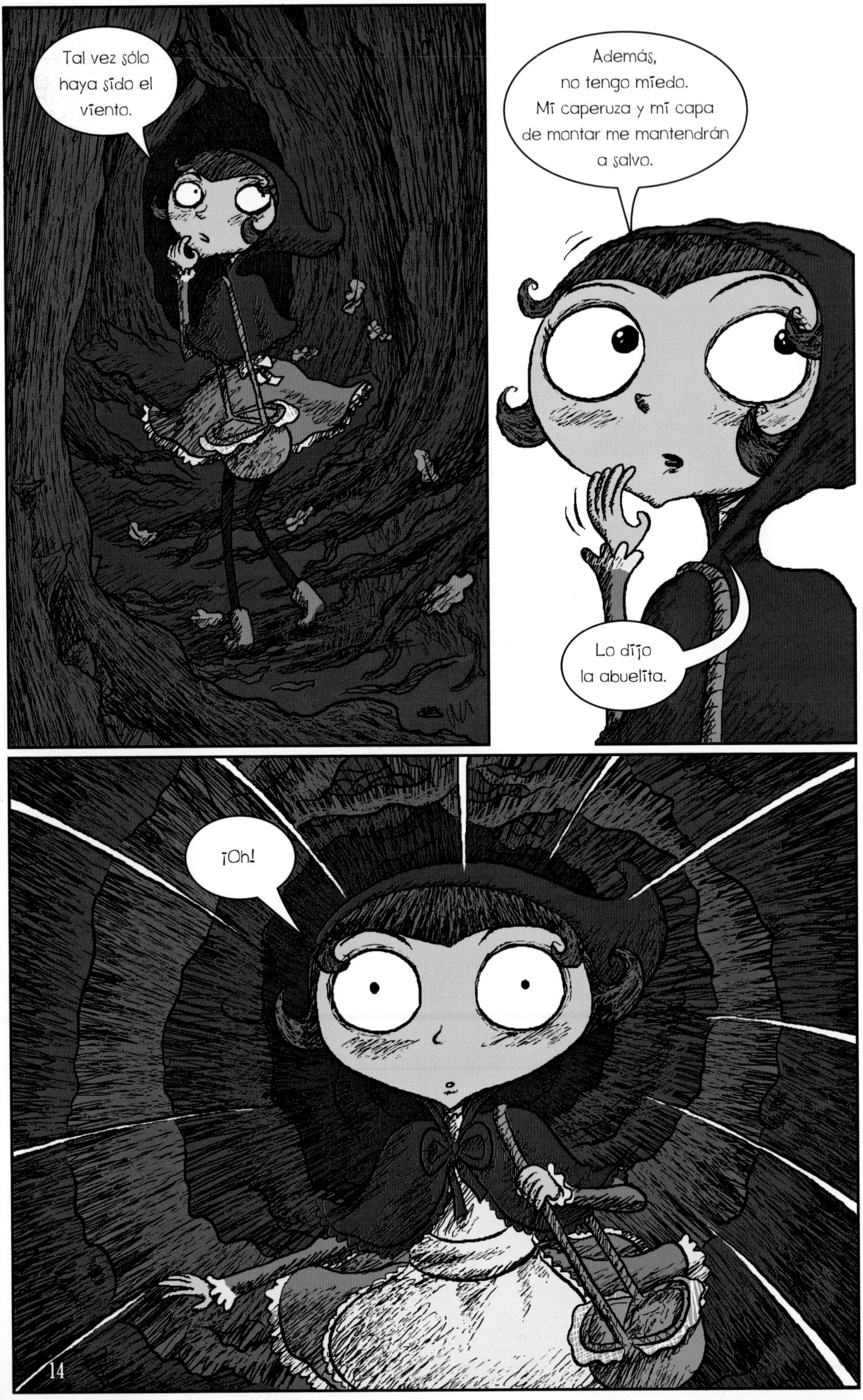
Tal vez sólo haya sido el viento.
Además, no tengo miedo. Mi caperuza y mi capa de montar me mantendrán a salvo.
Lo dijo la abuelita.
¡Oh!

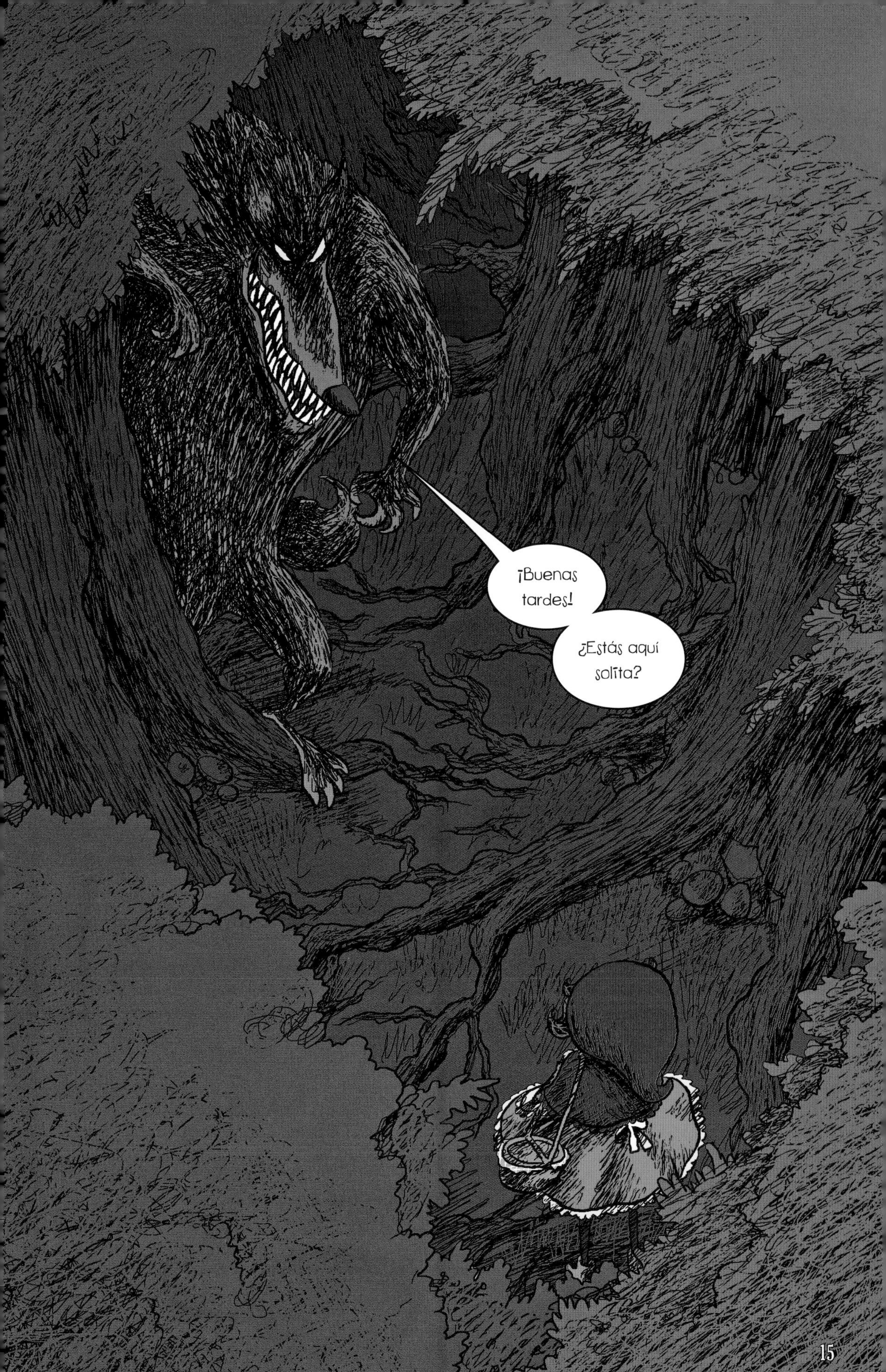
¡Buenas tardes!
¿Estás aquí solita?

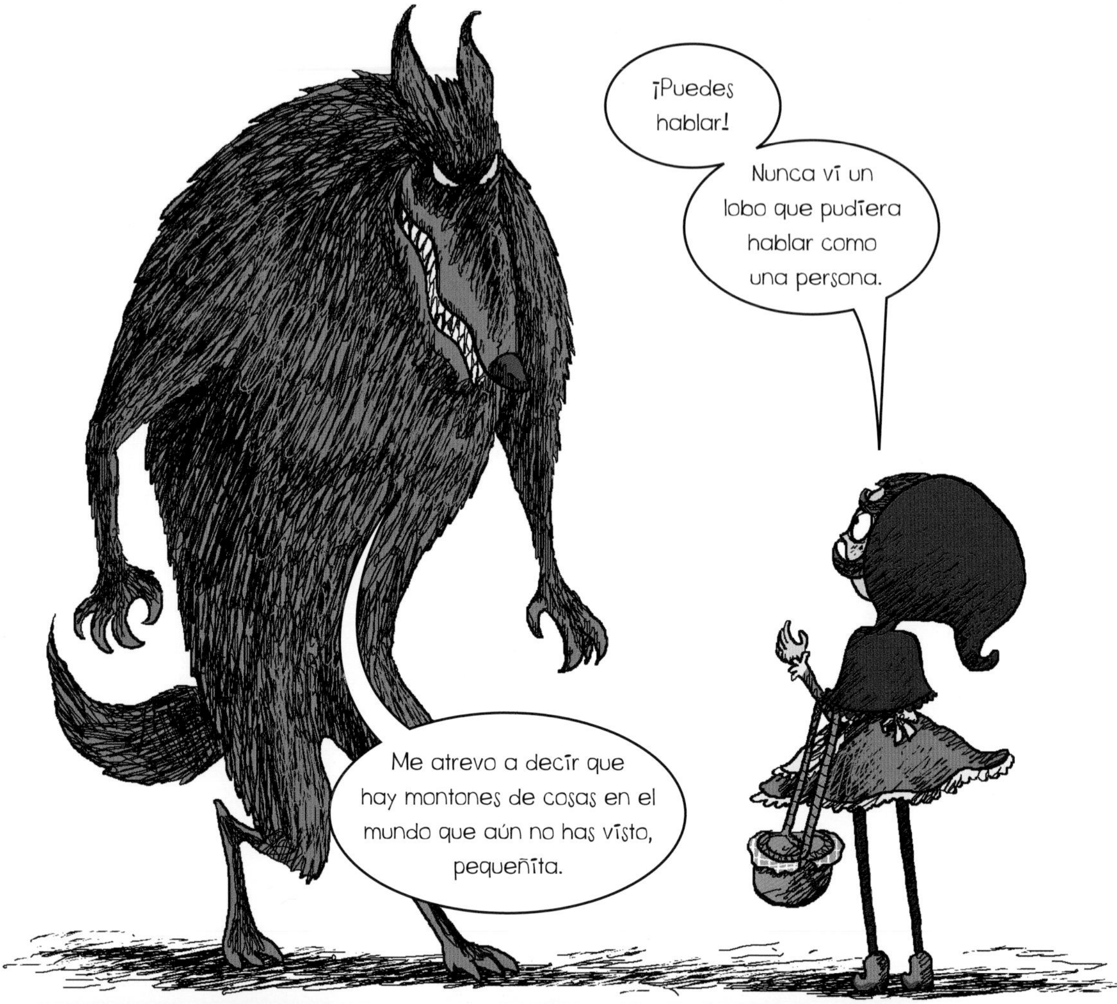
¡Puedes hablar!
Nunca vi un lobo que pudiera hablar como una persona.
Me atrevo a decir que hay montones de cosas en el mundo que aún no has visto, pequeñita.

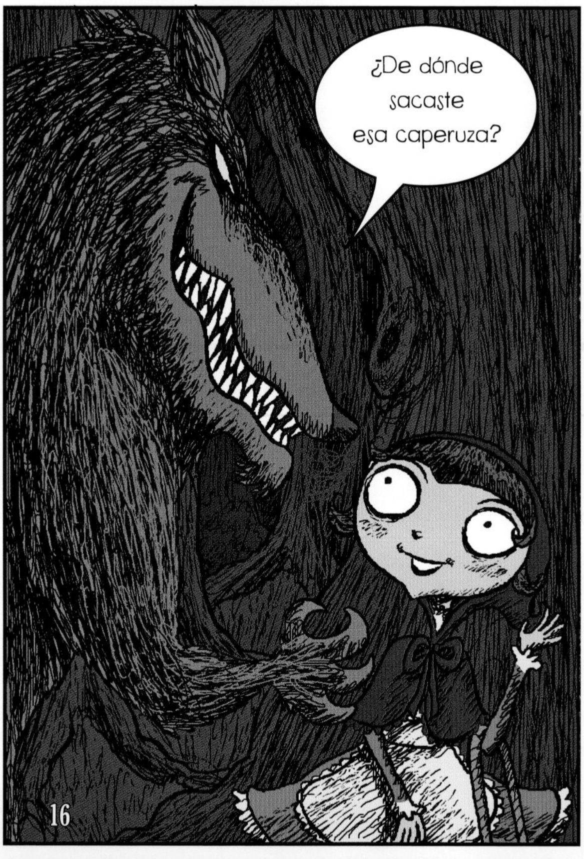
¿De dónde sacaste esa caperuza?

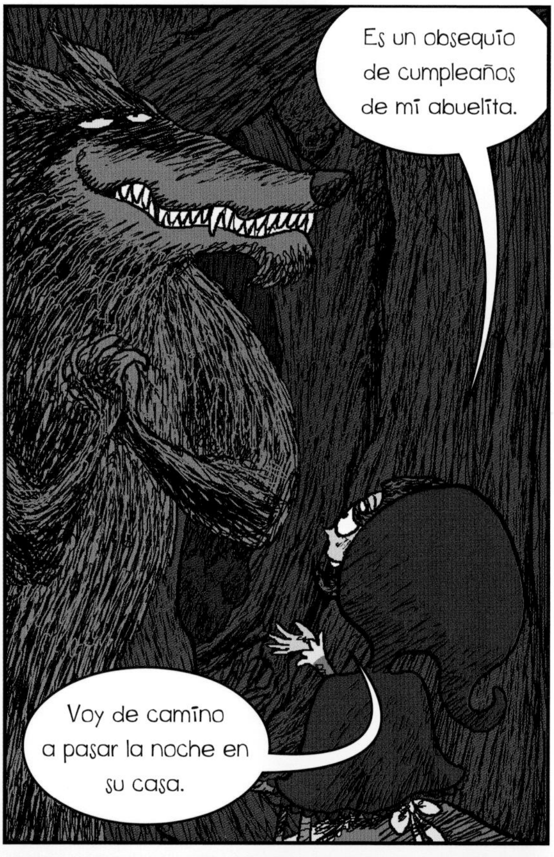
Es un obsequio de cumpleaños de mi abuelita.
Voy de camino a pasar la noche en su casa.

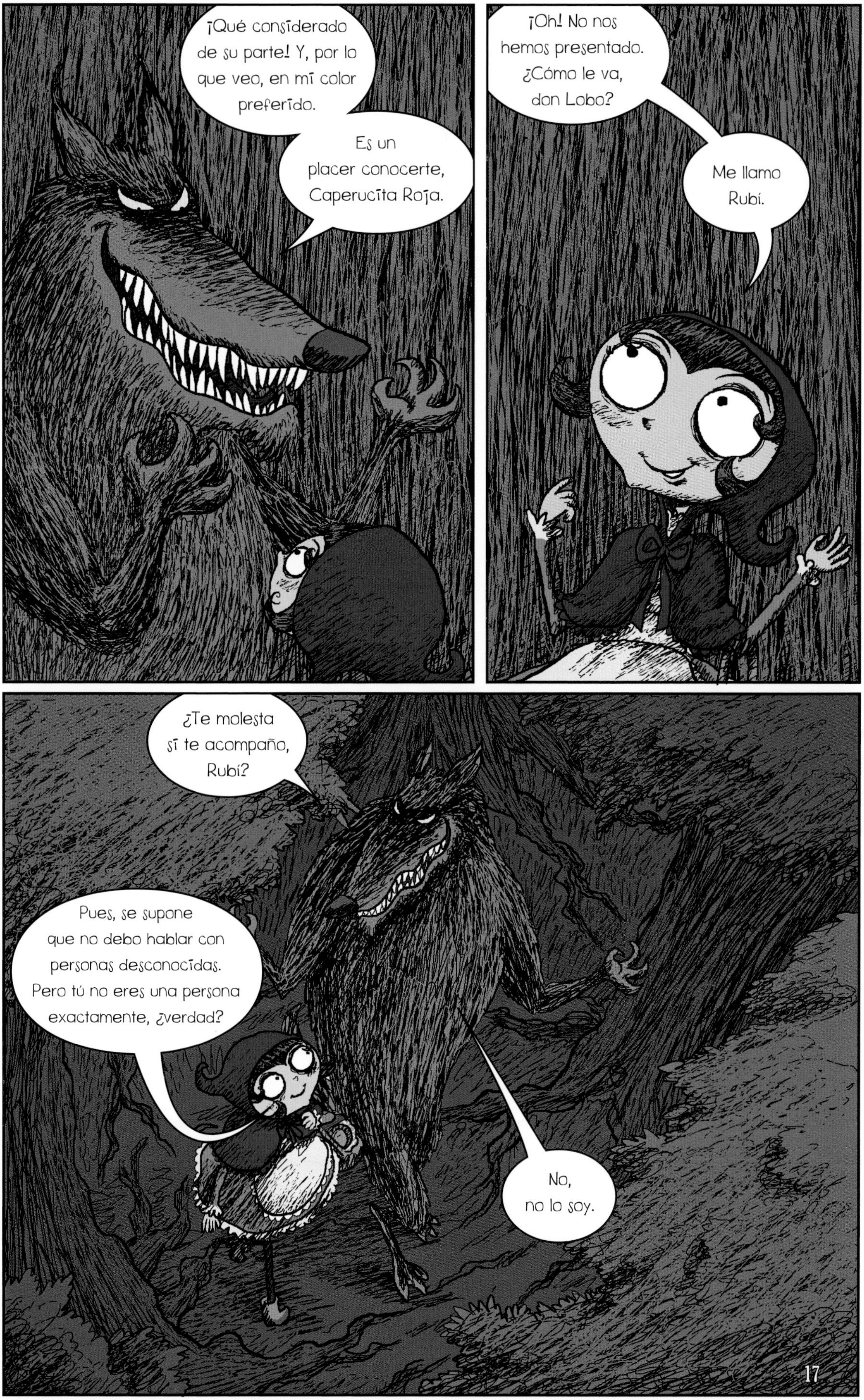
¡Qué considerado de su parte! Y, por lo que veo, en mi color preferido.
Es un placer conocerte, Caperucita Roja.
¡Oh! No nos hemos presentado. ¿Cómo le va, don Lobo?
Me llamo Rubí.
¿Te molesta si te acompaño, Rubí?
Pues, se supone que no debo hablar con personas desconocidas. Pero tú no eres una persona exactamente, ¿verdad?
No, no lo soy.

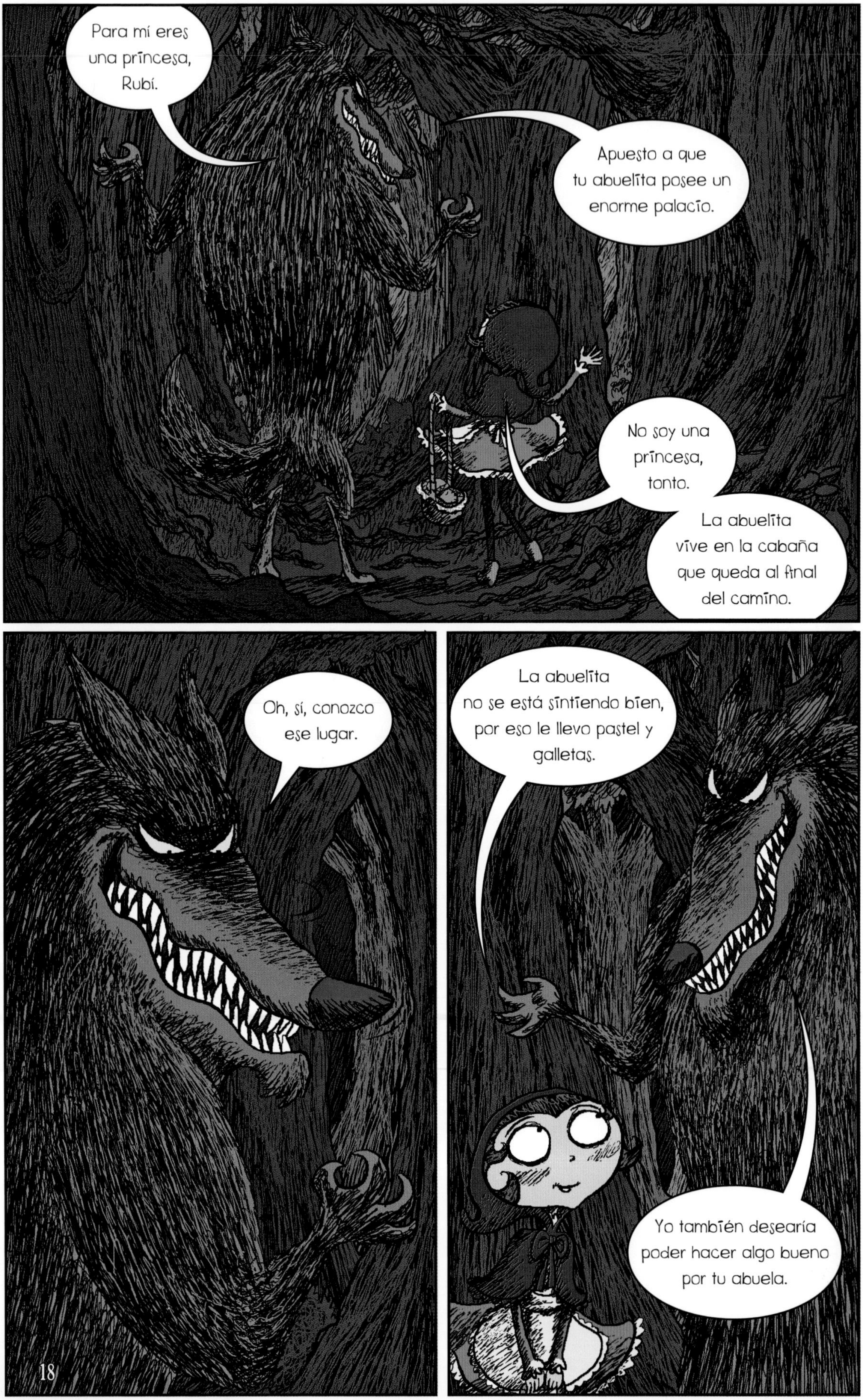
Para mí eres una princesa, Rubí.
Apuesto a que tu abuelita posee un enorme palacio.
No soy una princesa, tonto.
La abuelita vive en la cabaña que queda al final del camino.
Oh, sí, conozco ese lugar.
La abuelita no se está sintiendo bien, por eso le llevo pastel y galletas.
Yo también desearía poder hacer algo bueno por tu abuela.

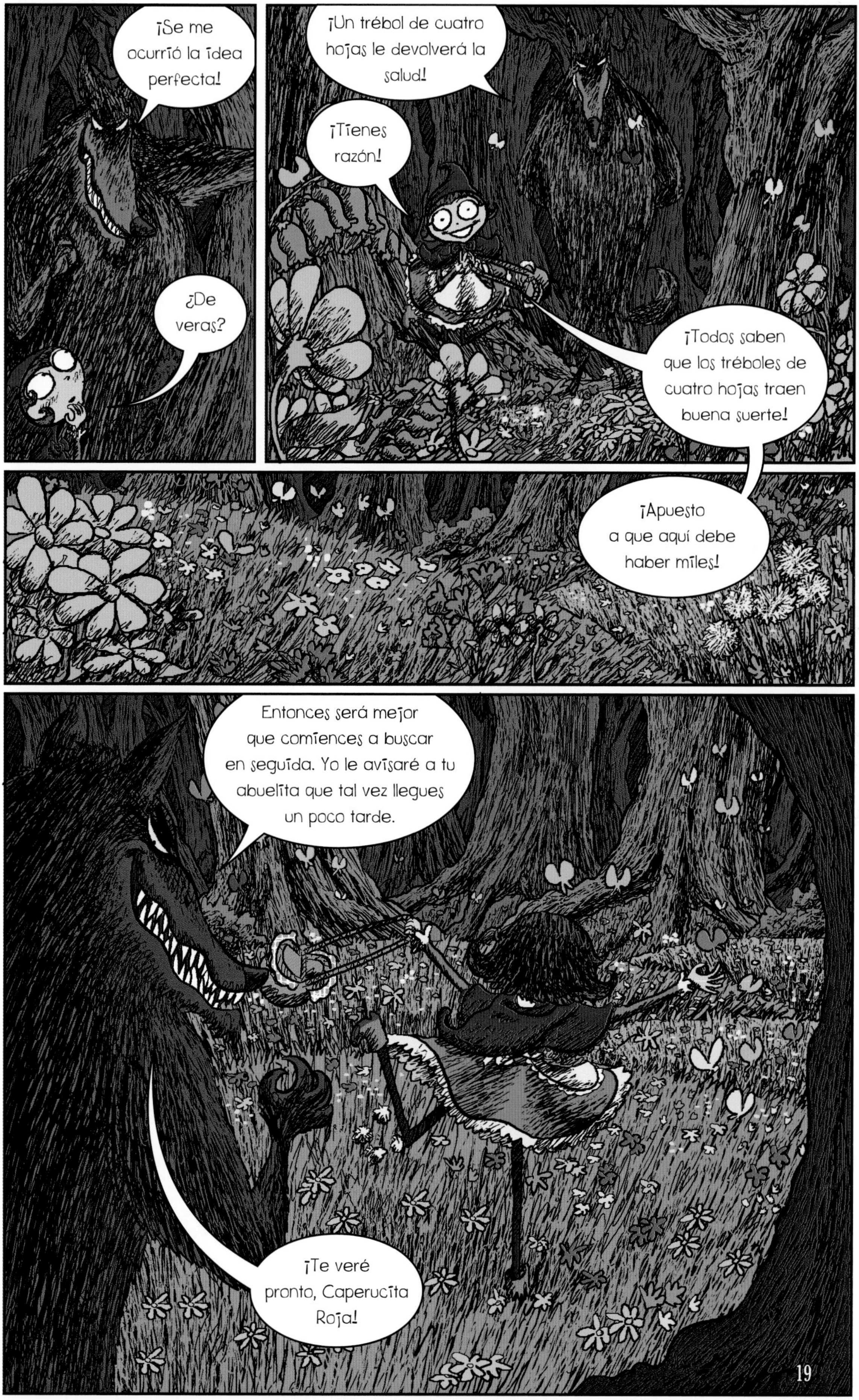

¡Se me ocurrió la idea perfecta!
¿De veras?
¡Un trébol de cuatro hojas le devolverá la salud!
¡Tienes razón!
¡Todos saben que los tréboles de cuatro hojas traen buena suerte!
¡Apuesto a que aquí debe haber miles!
Entonces será mejor que comiences a buscar en seguida. Yo le avisaré a tu abuelita que tal vez llegues un poco tarde.
¡Te veré pronto, Caperucita Roja!

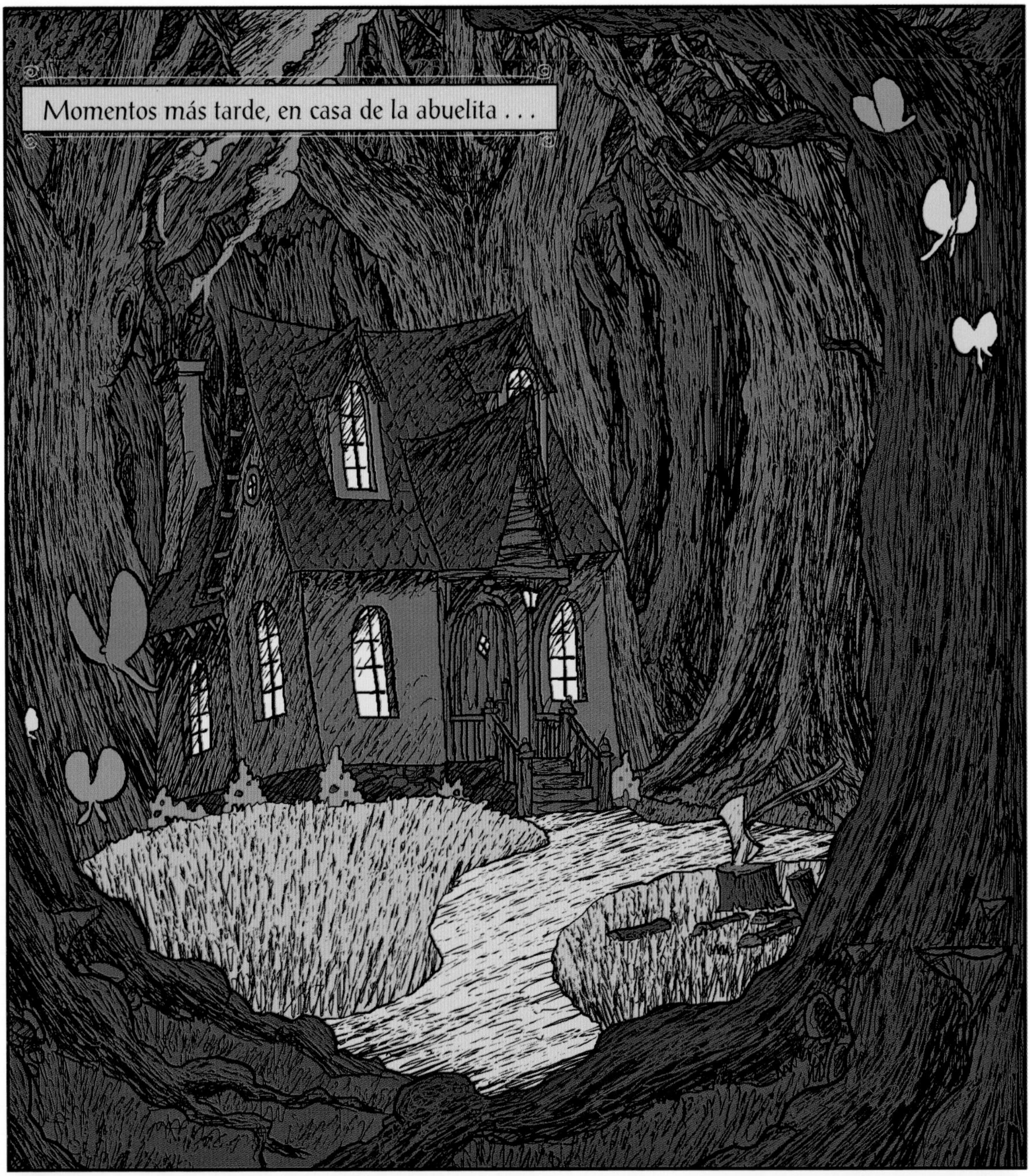
Momentos más tarde, en casa de la abuelita . . .

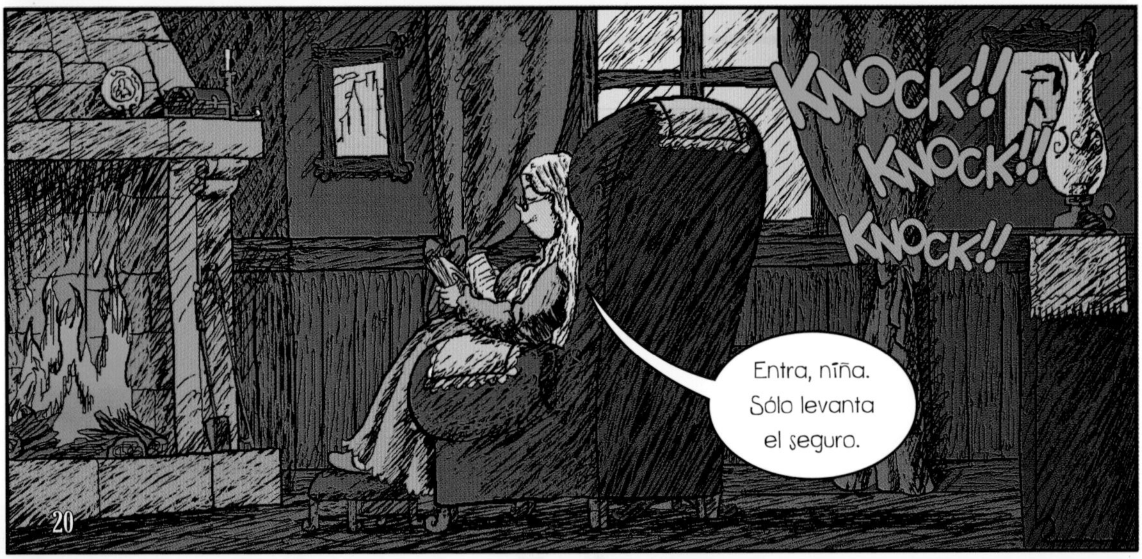
KNOCK!! KNOCK!! KNOCK!!
Entra, niña. Sólo levanta el seguro.

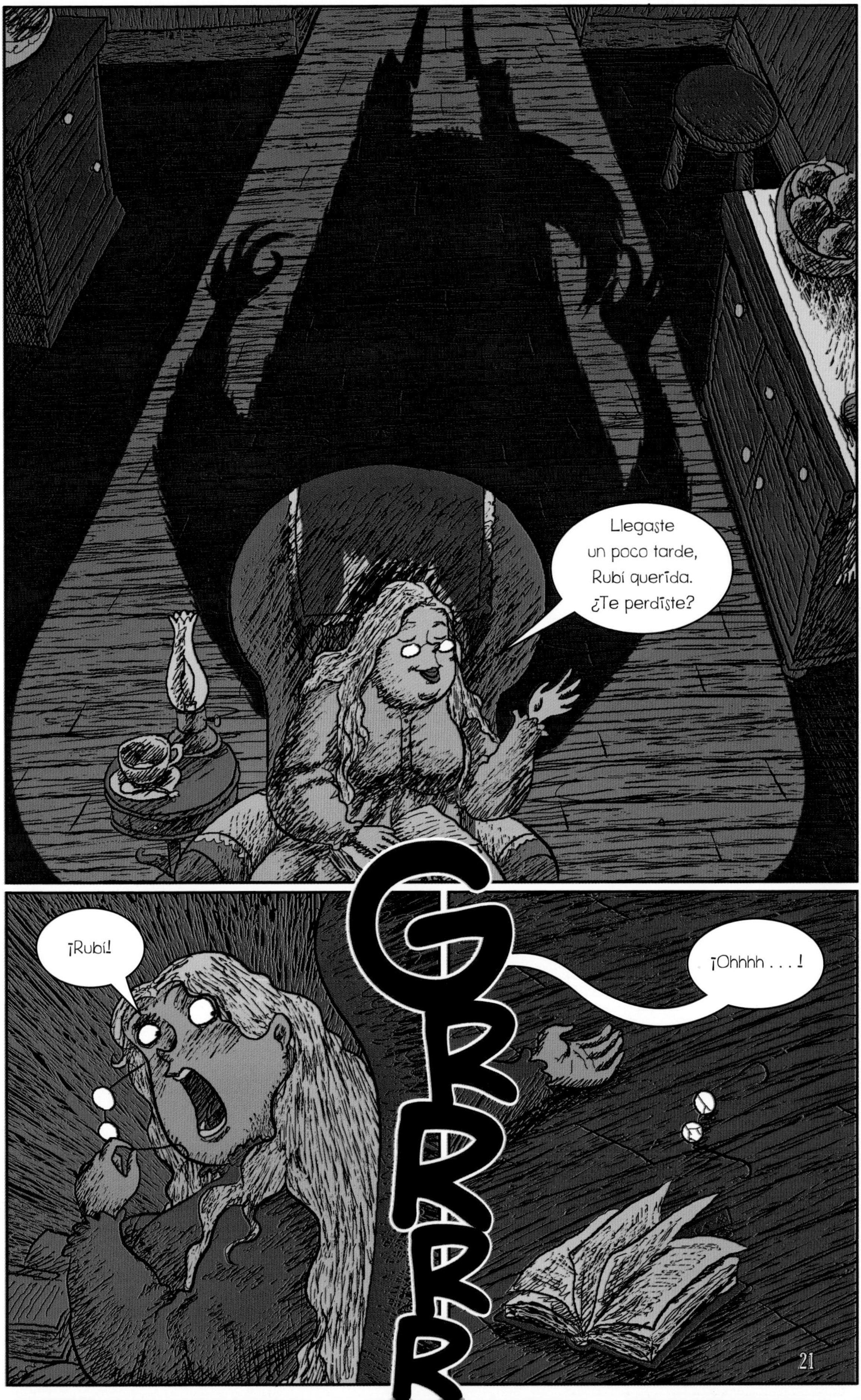
Llegaste un poco tarde, Rubí querida. ¿Te perdiste?
¡Rubí!
GRRRR
¡Ohhhh . . . !

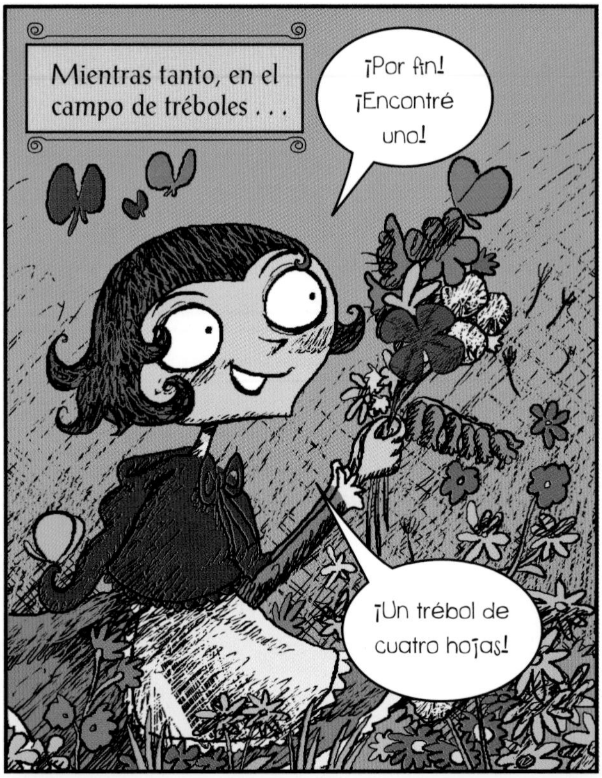
Mientras tanto, en el campo de tréboles . . .
¡Por fin! ¡Encontré uno!
¡Un trébol de cuatro hojas!

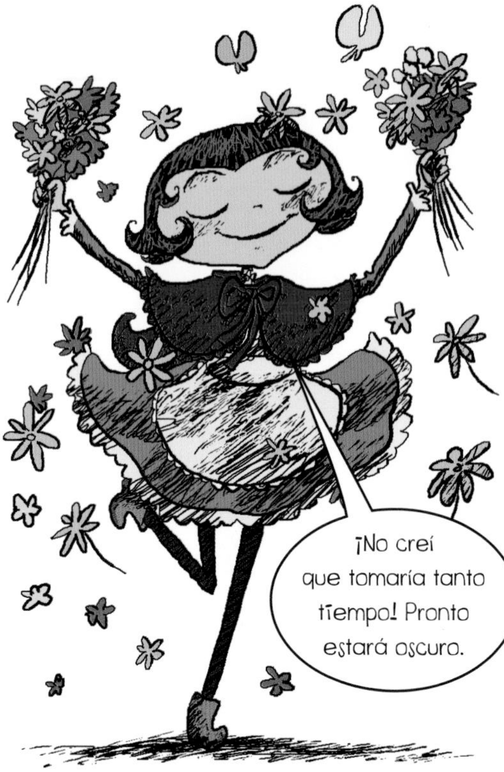
¡No creí que tomaría tanto tiempo! Pronto estará oscuro.

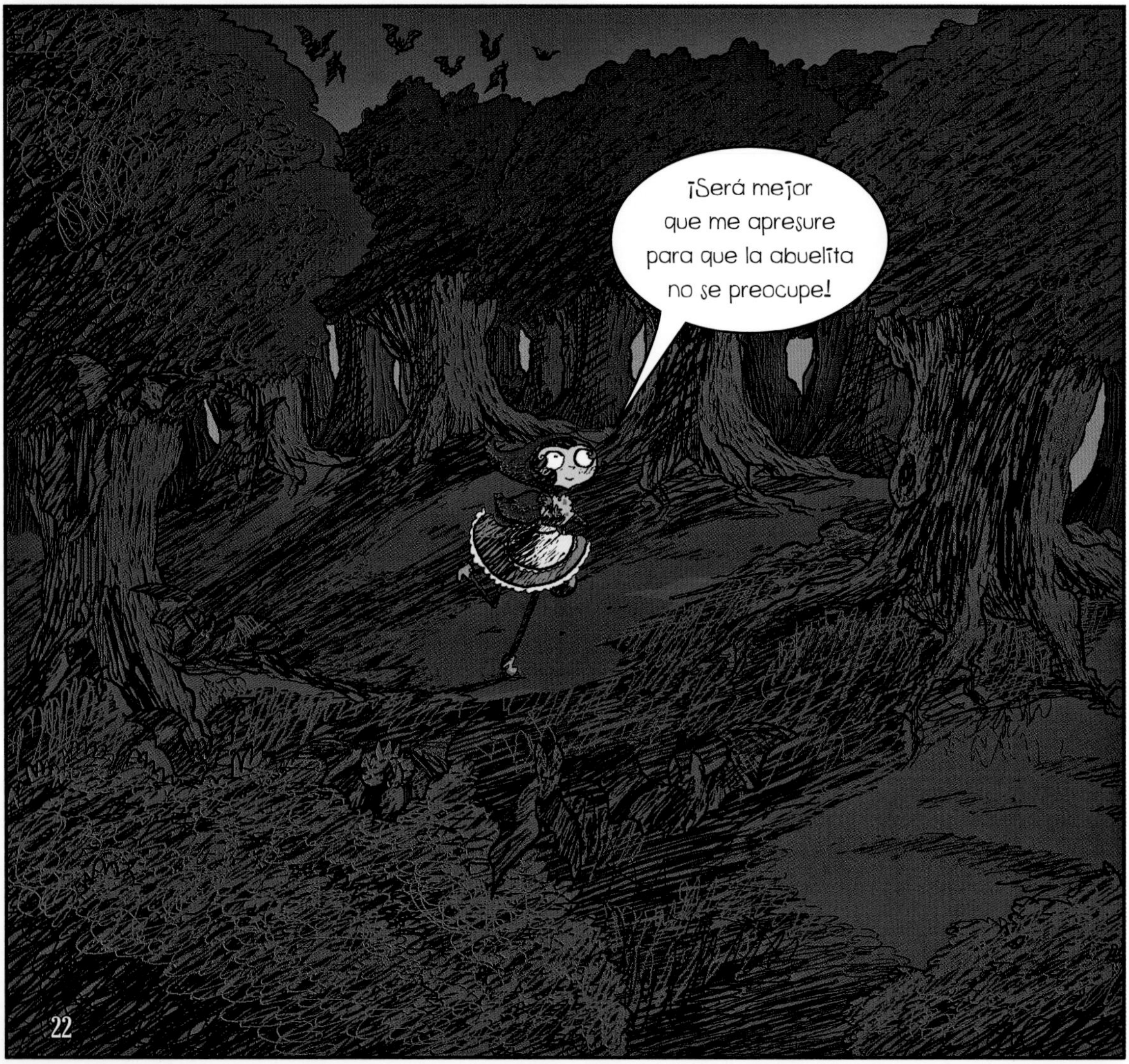
¡Será mejor que me apresure para que la abuelita no se preocupe!

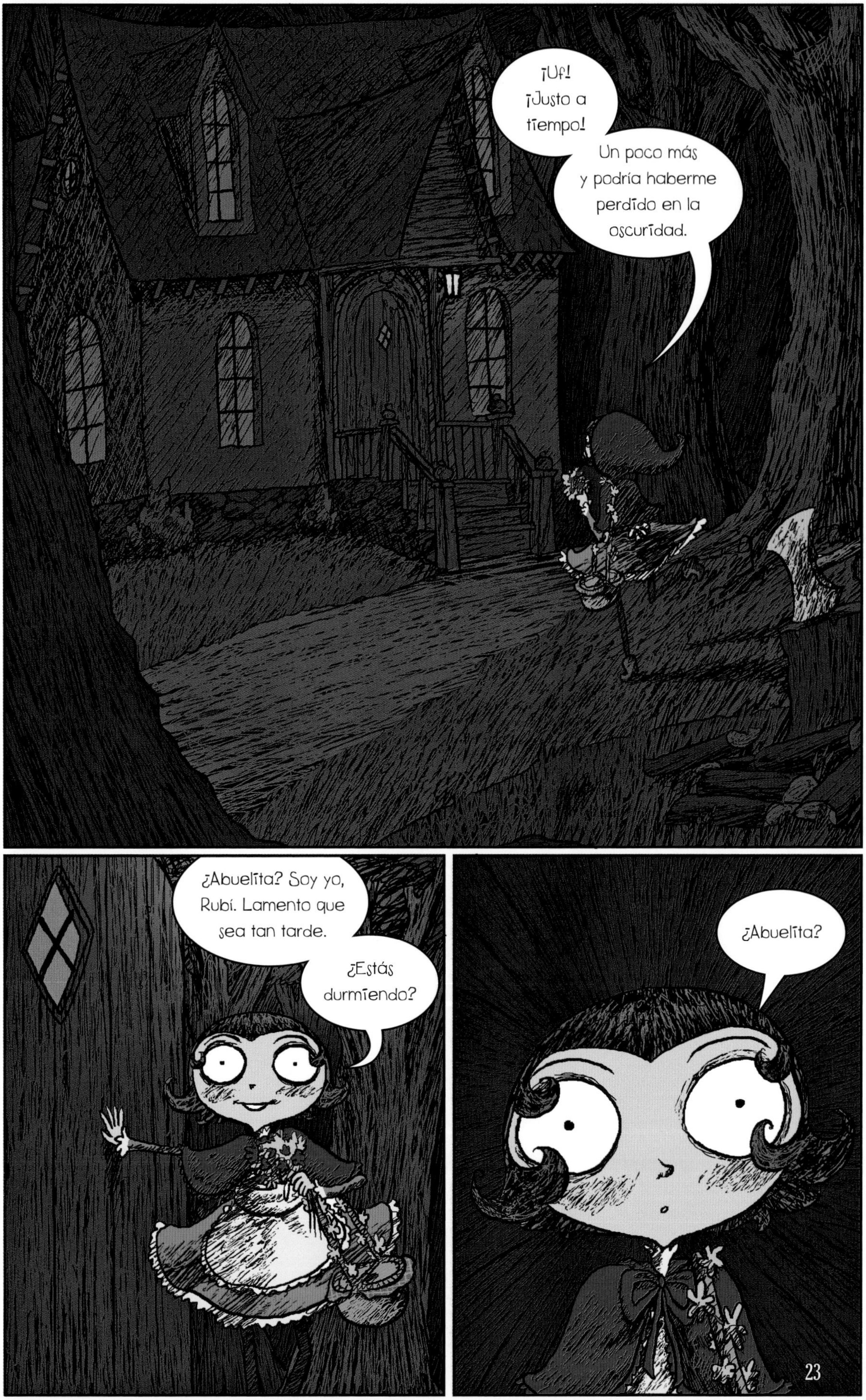
¡Uf!
¡Justo a tiempo!
Un poco más y podría haberme perdido en la oscuridad.
¿Abuelita? Soy yo, Rubí. Lamento que sea tan tarde.
¿Estás durmiendo?
¿Abuelita?

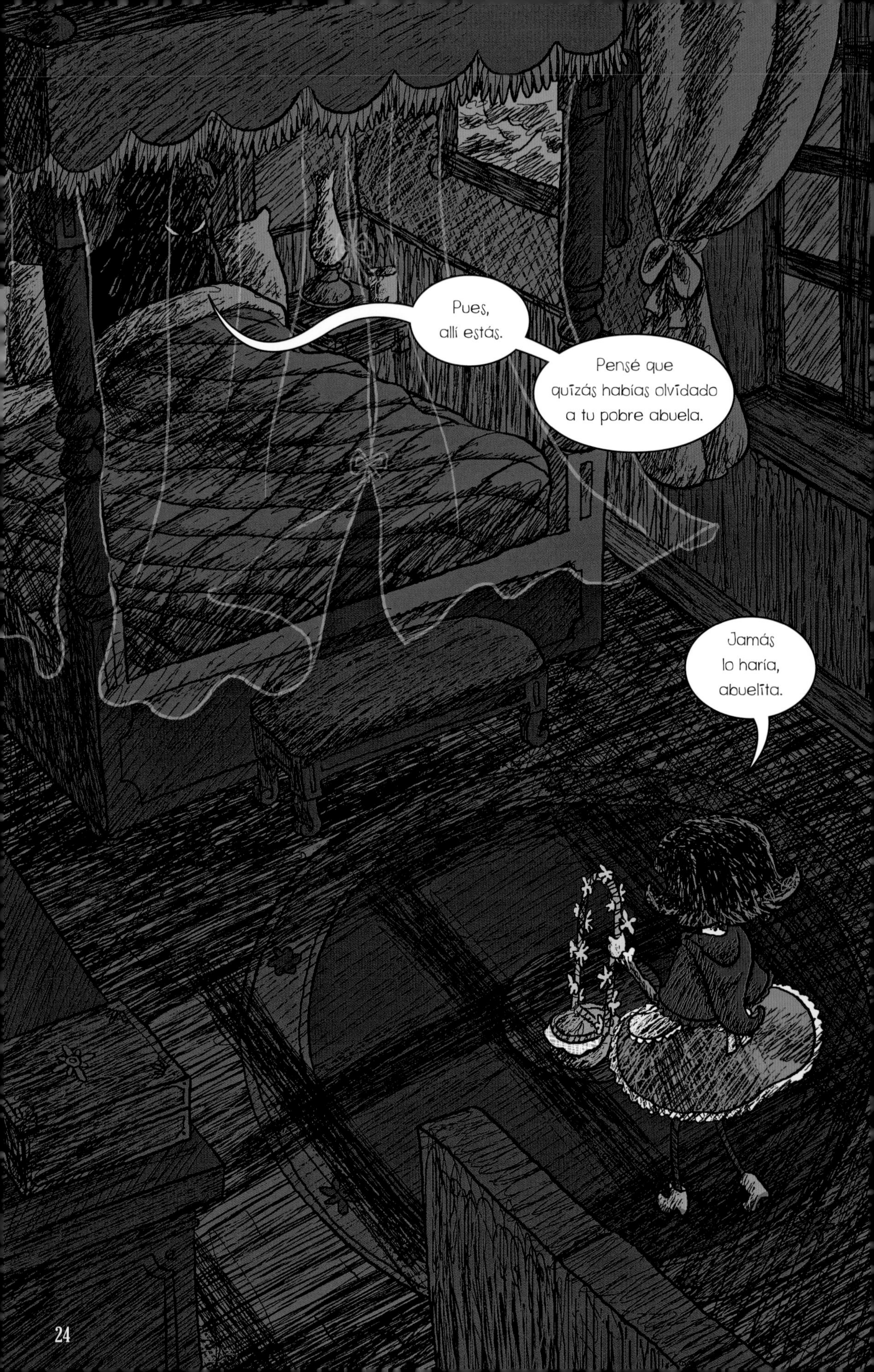
Pues, allí estás.
Pensé que quizás habías olvidado a tu pobre abuela.
Jamás lo haría, abuelita.

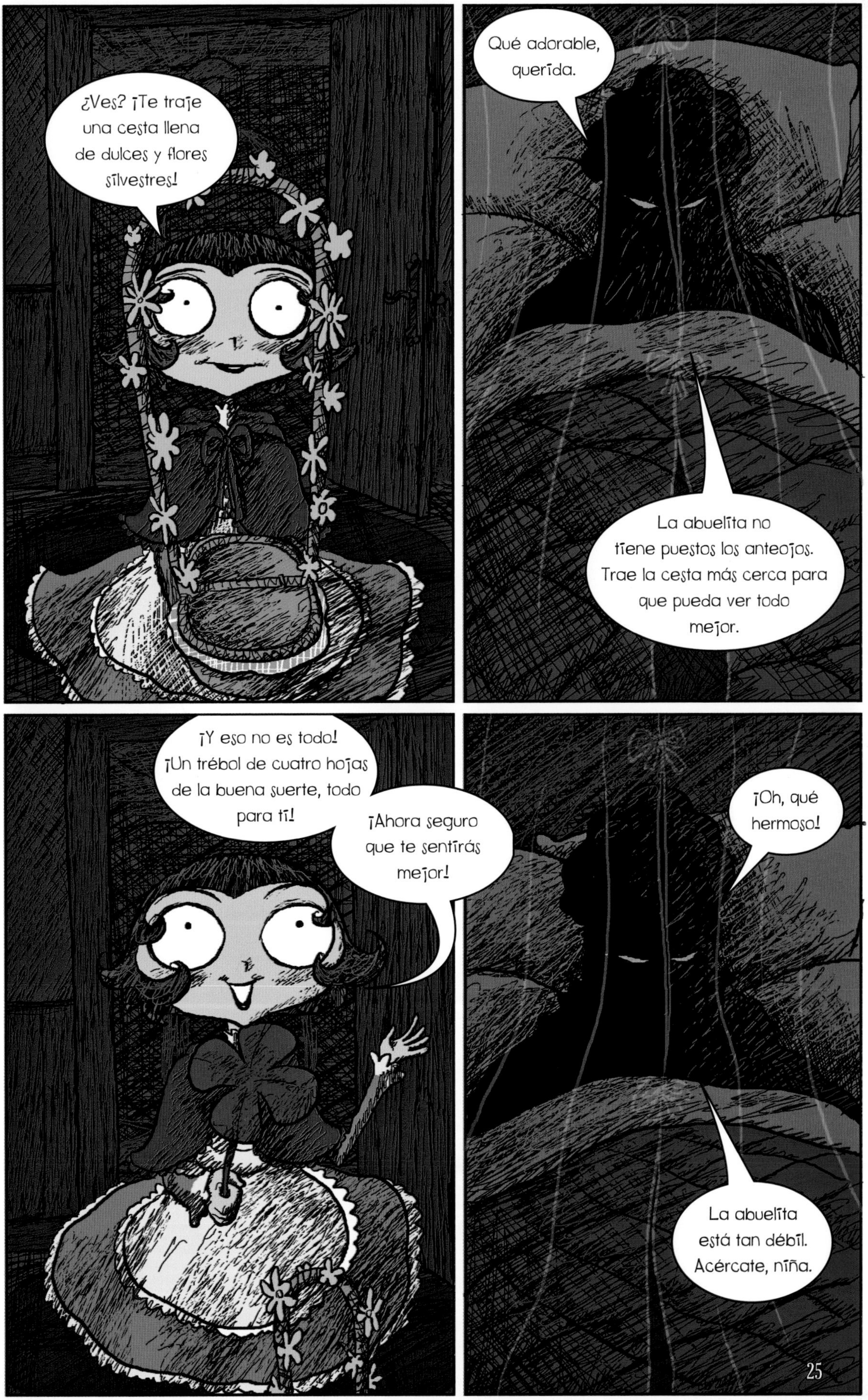
¿Ves? ¡Te traje una cesta llena de dulces y flores silvestres!
Qué adorable, querida.
La abuelita no tiene puestos los anteojos. Trae la cesta más cerca para que pueda ver todo mejor.
¡Y eso no es todo! ¡Un trébol de cuatro hojas de la buena suerte, todo para ti!
¡Ahora seguro que te sentirás mejor!
¡Oh, qué hermoso!
La abuelita está tan débil. Acércate, niña.

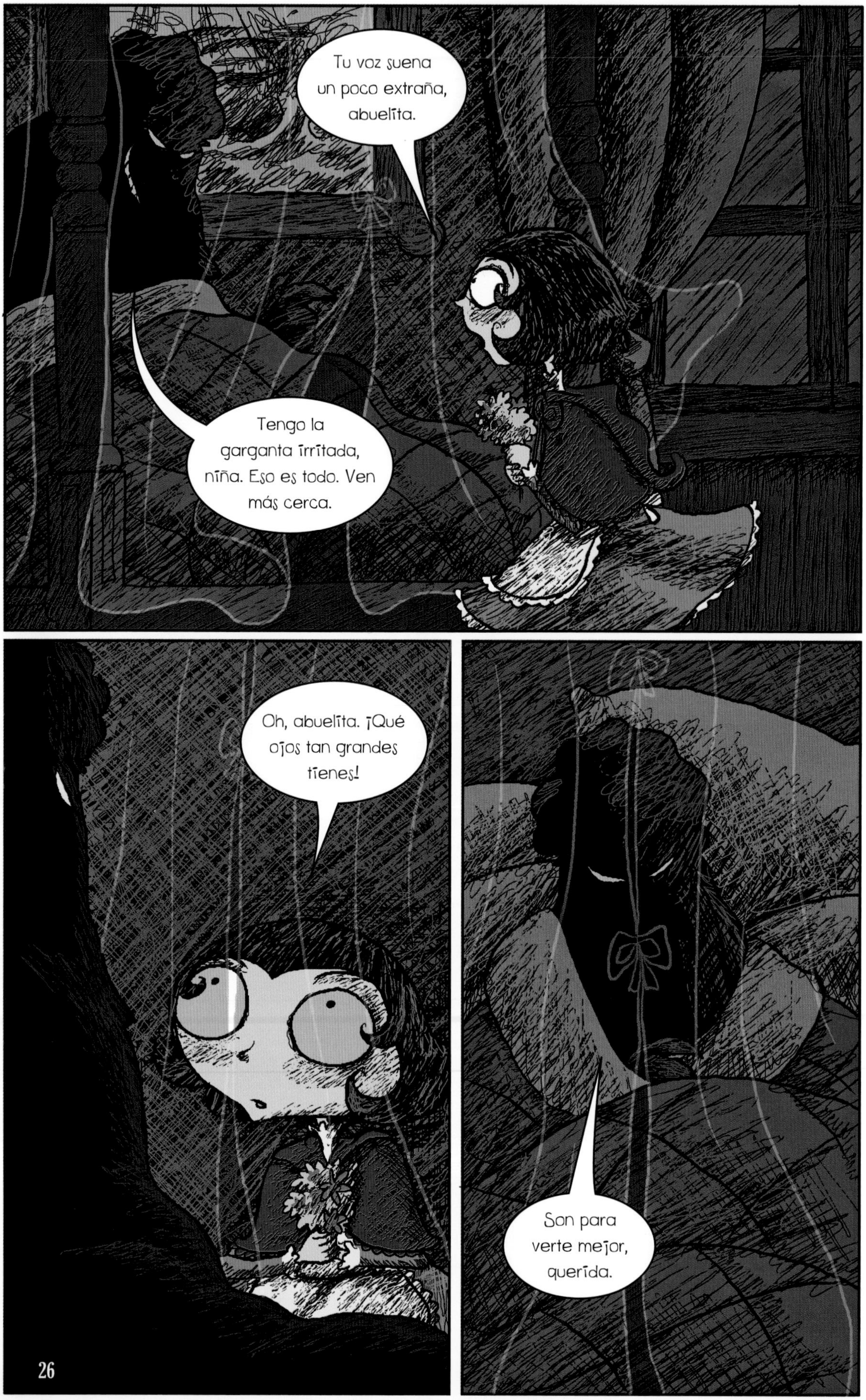
Tu voz suena un poco extraña, abuelita.
Tengo la garganta irritada, niña. Eso es todo. Ven más cerca.
Oh, abuelita. ¡Qué ojos tan grandes tienes!
Son para verte mejor, querida.

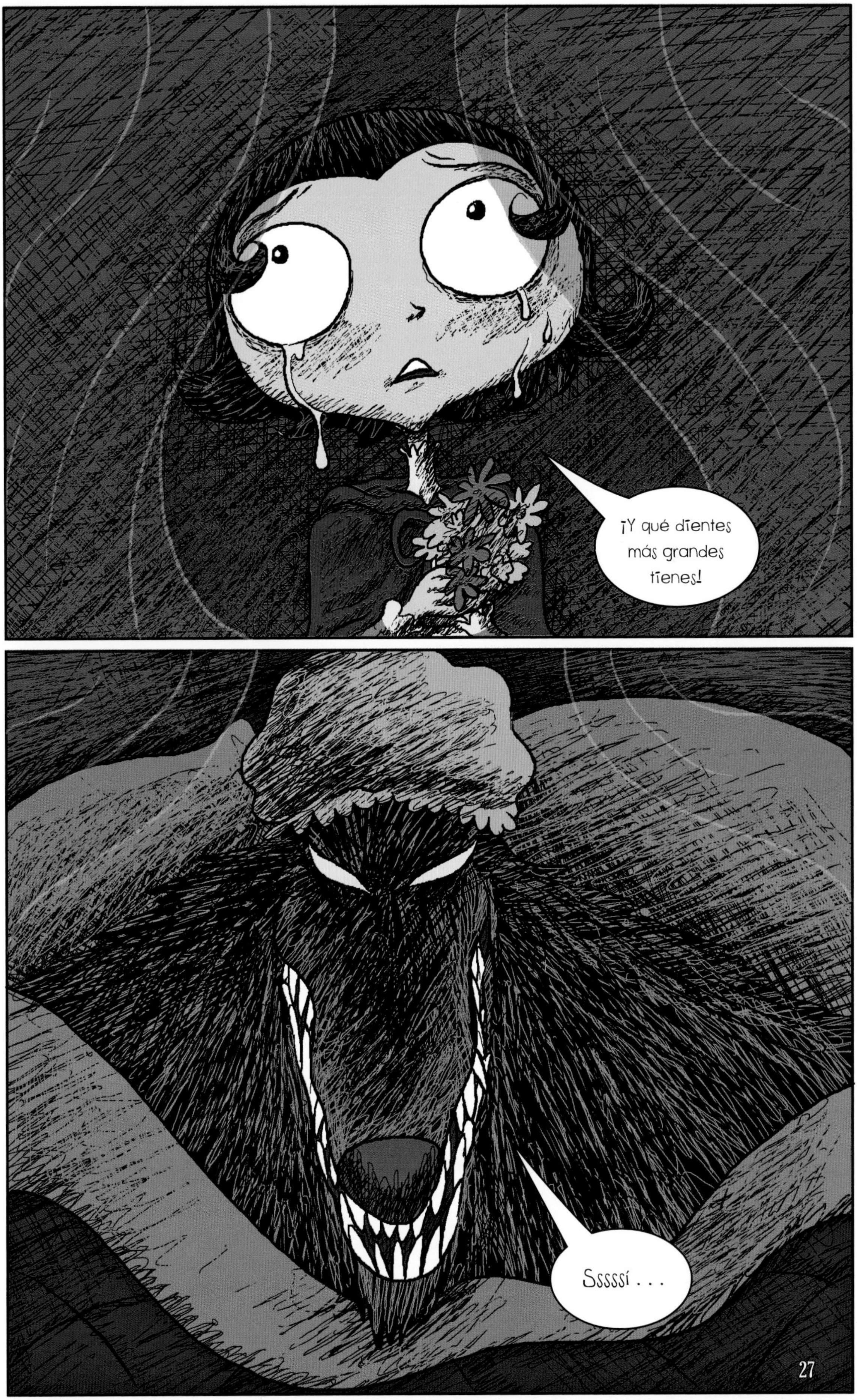
¡Y qué dientes más grandes tienes!
Sssssí . . .

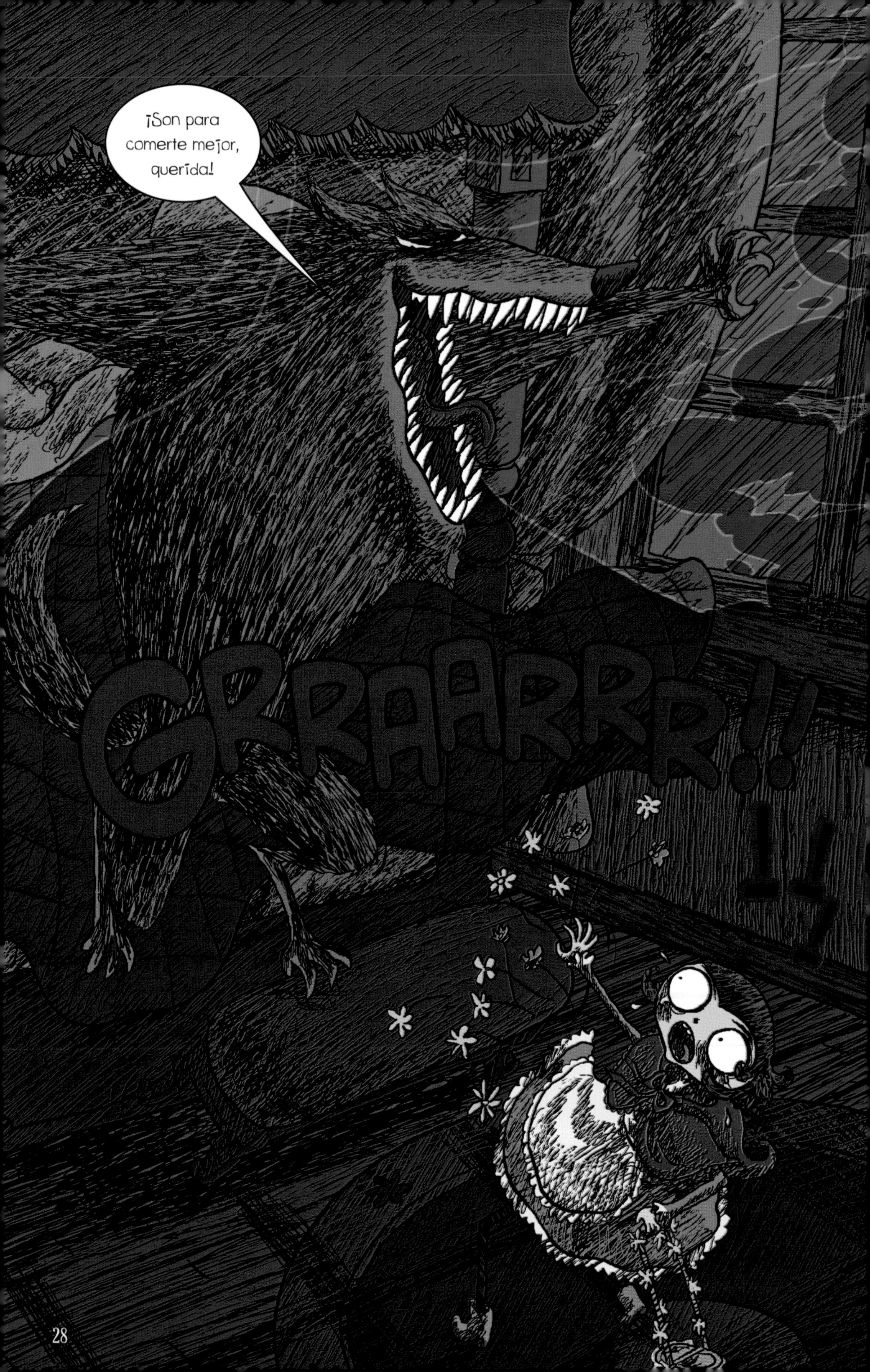
¡Son para comerte mejor, querida!
GRRAARRR!!!
!!

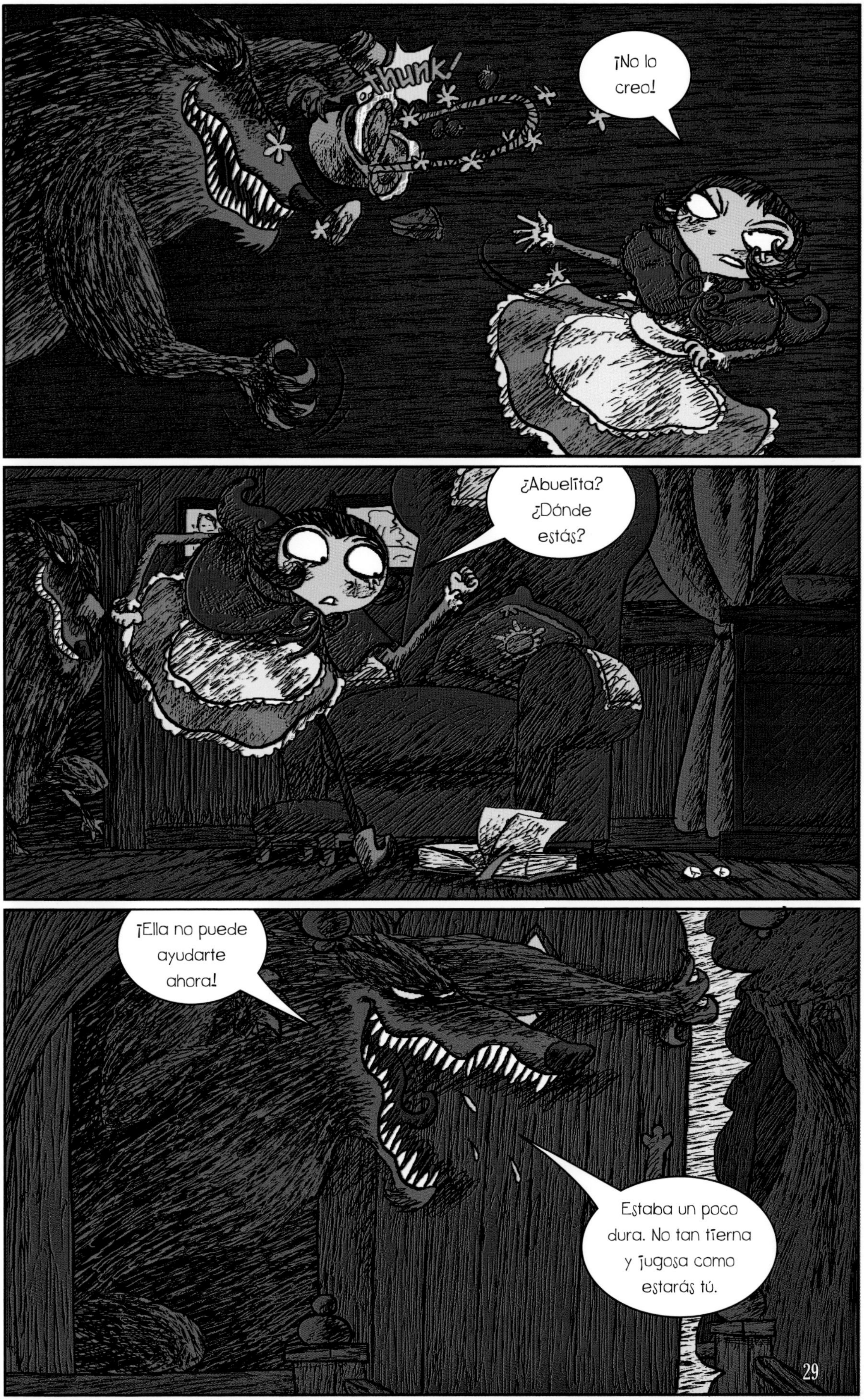
THUNK!
¡No lo creo!
¿Abuelita? ¿Dónde estás?
¡Ella no puede ayudarte ahora!
Estaba un poco dura. No tan tierna y jugosa como estarás tú.

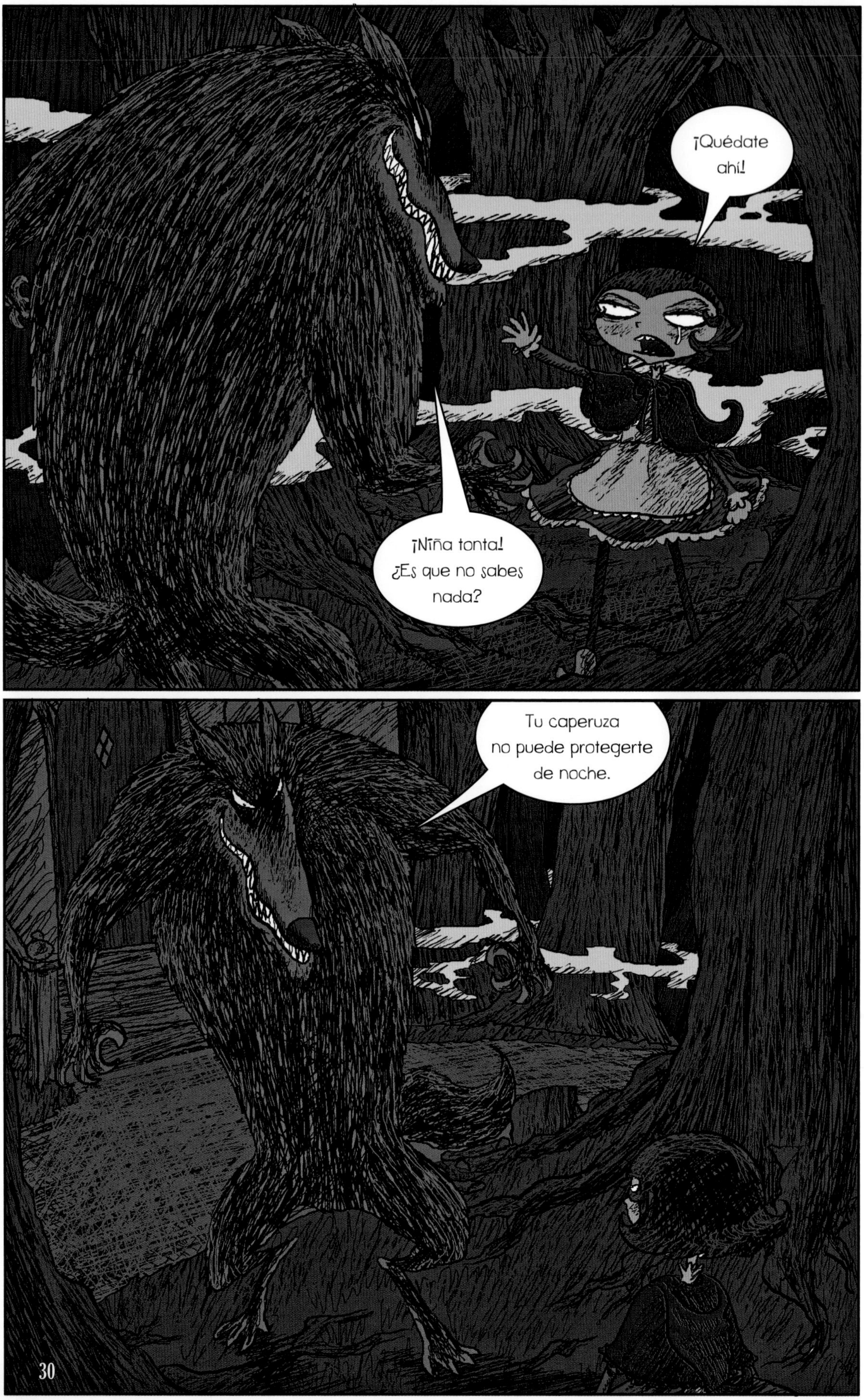
¡Quédate ahí!
¡Niña tonta! ¿Es que no sabes nada?
Tu caperuza no puede protegerte de noche.

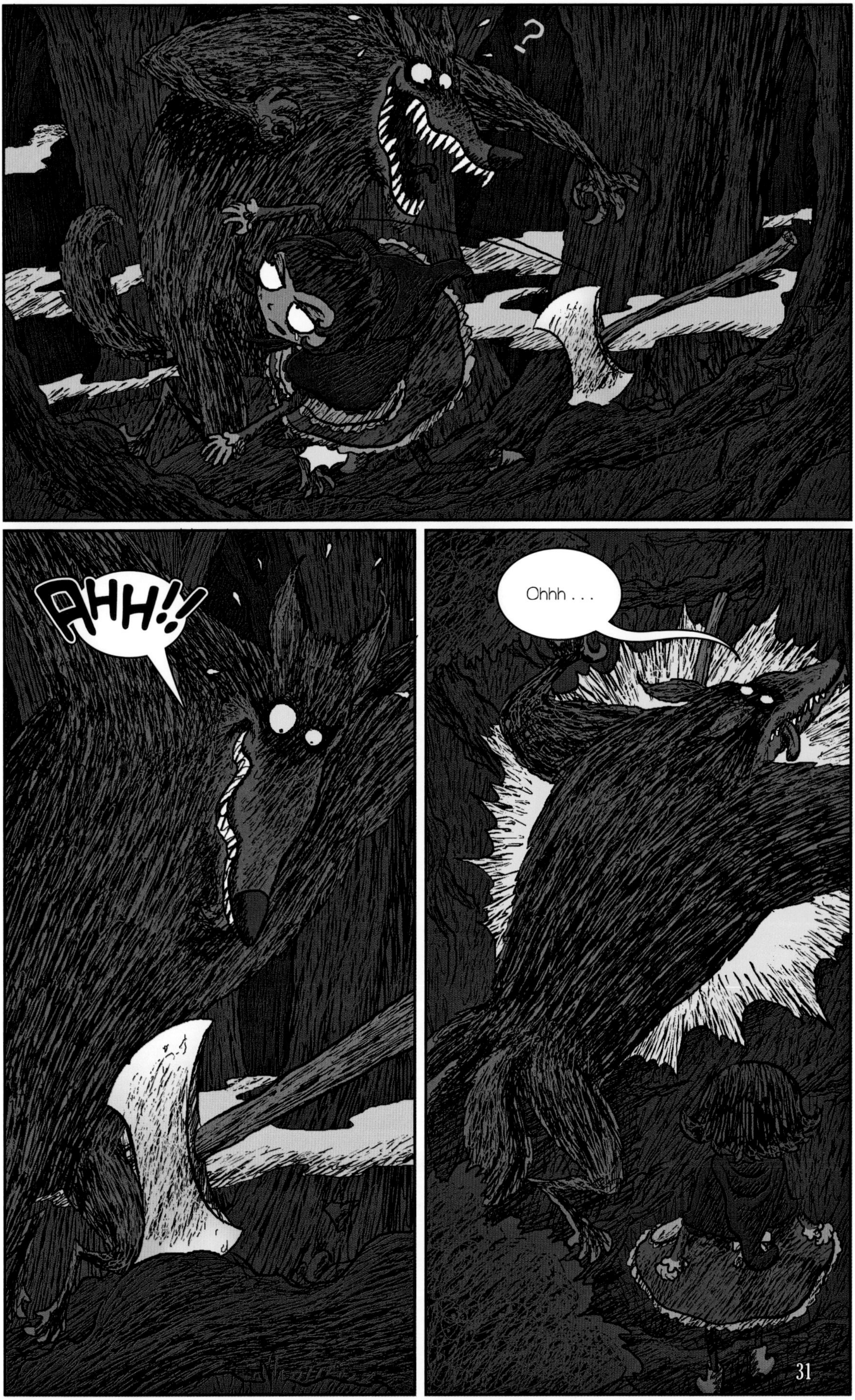
?
AHH!!
Ohhh . . .

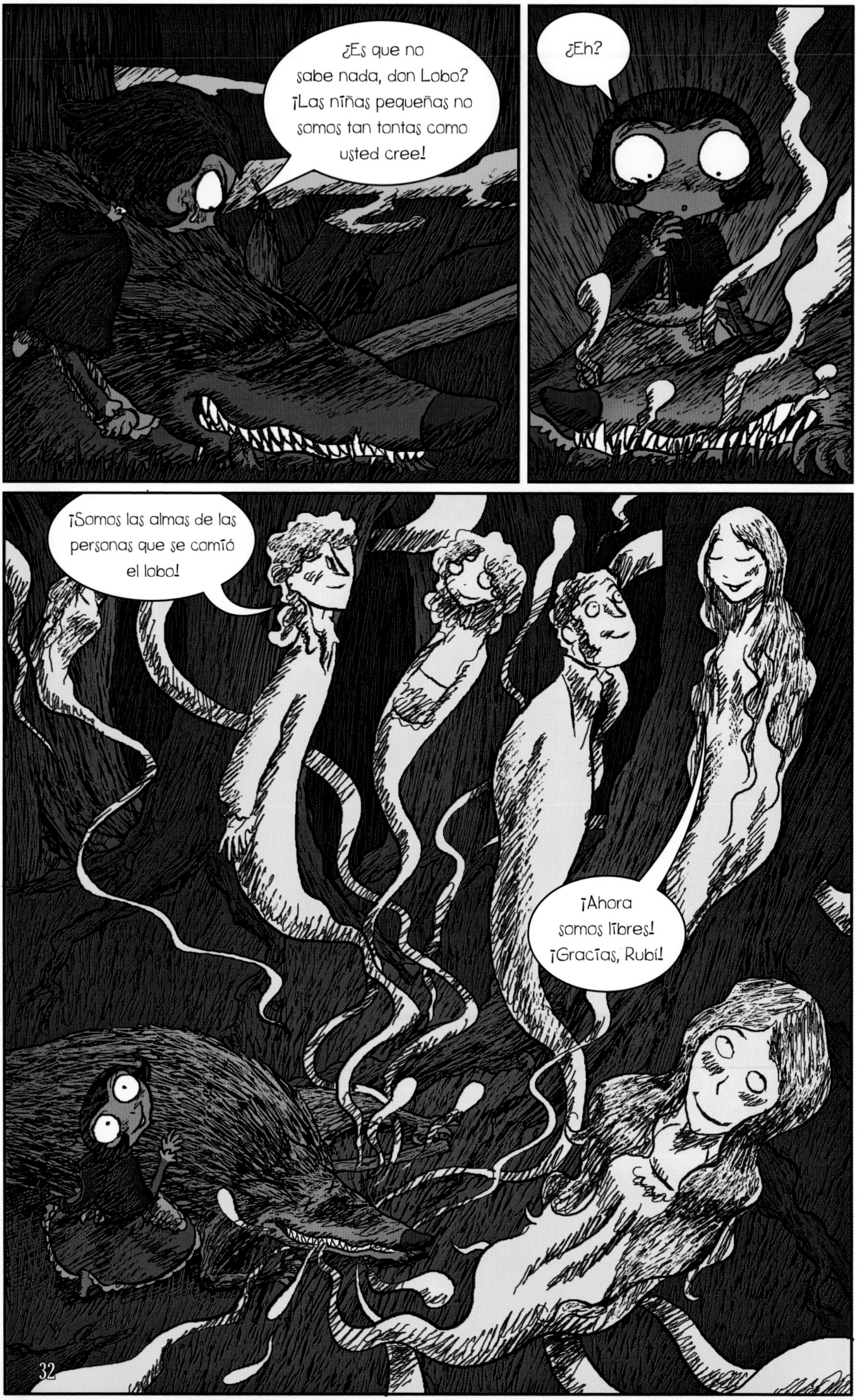
¿Es que no sabe nada, don Lobo? ¡Las niñas pequeñas no somos tan tontas como usted cree!
¿Eh?
¡Somos las almas de las personas que se comió el lobo!
¡Ahora somos libres! ¡Gracias, Rubí!

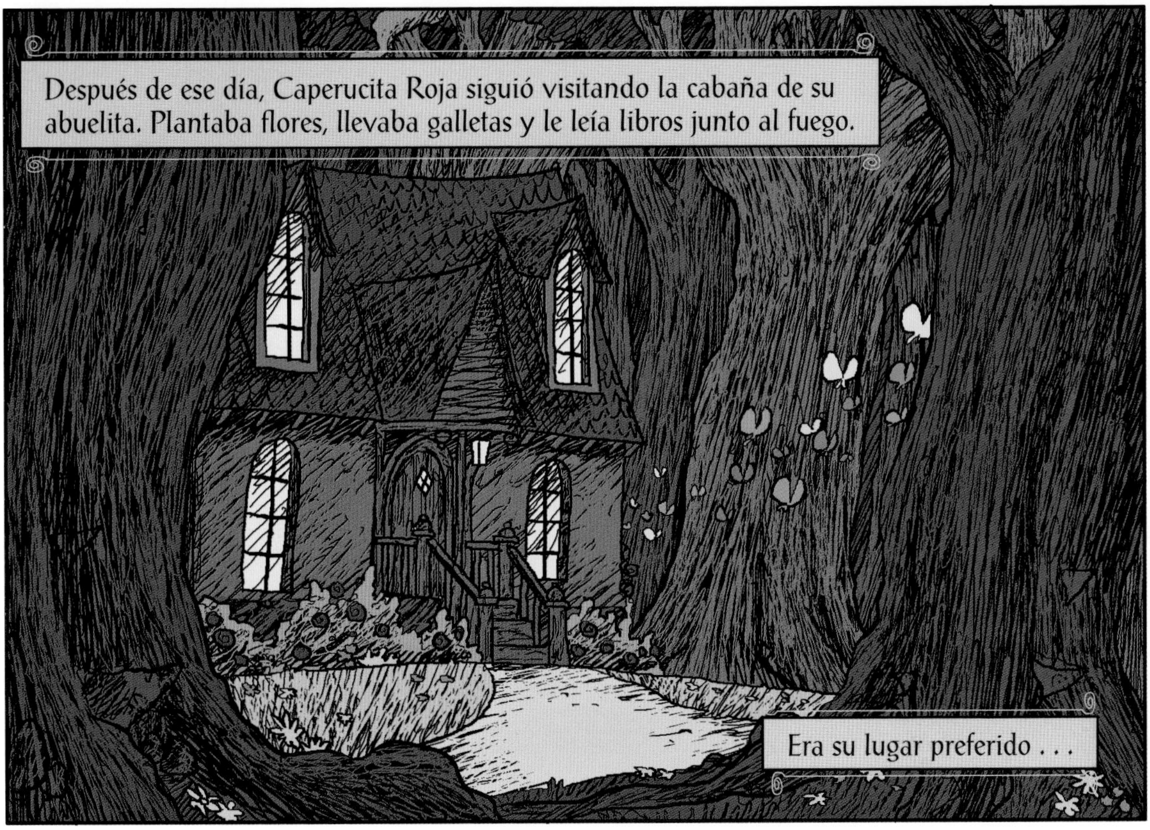
Después de ese día, Caperucita Roja siguió visitando la cabaña de su abuelita. Plantaba flores, llevaba galletas y le leía libros junto al fuego.
Era su lugar preferido . . .

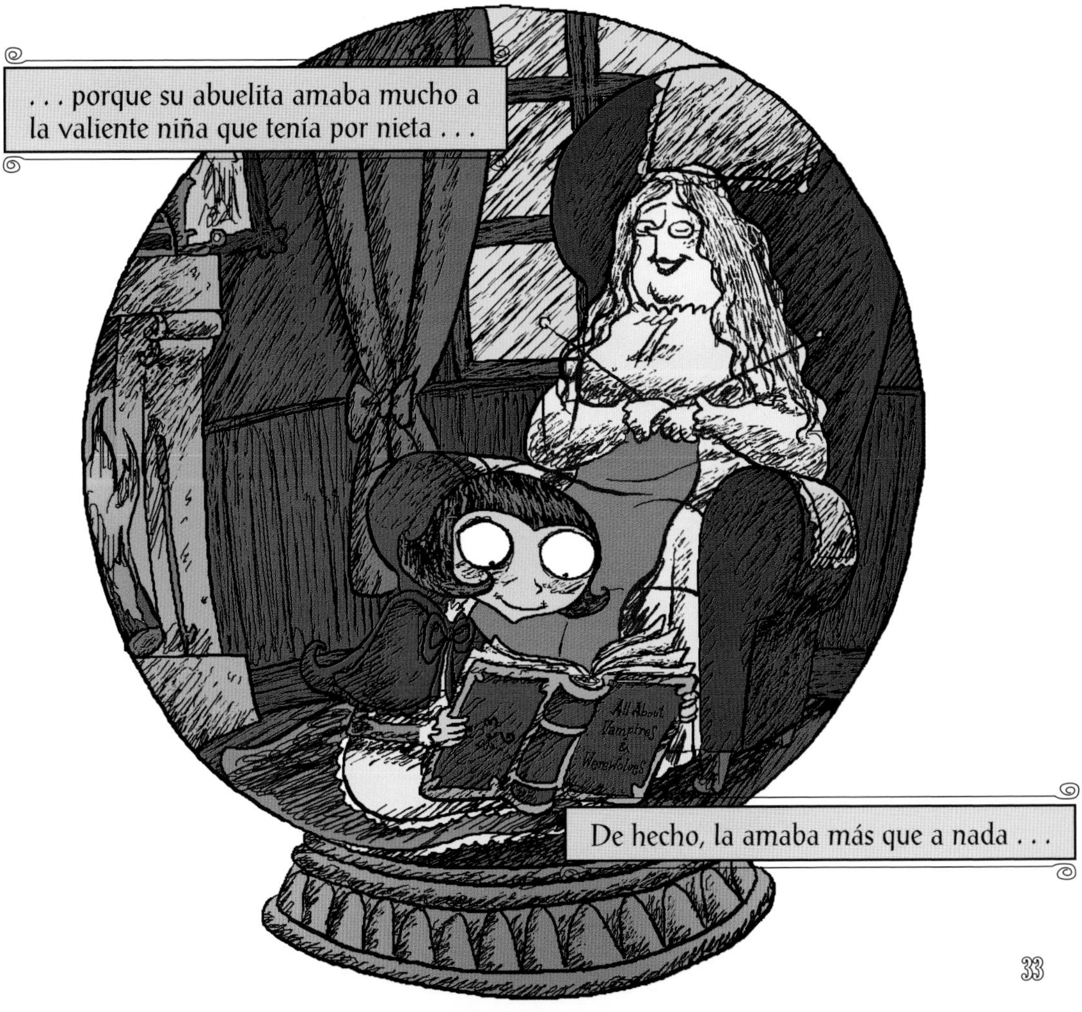
. . . porque su abuelita amaba mucho a la valiente niña que tenía por nieta . . .
All About Vampires & Werewolves
De hecho, la amaba más que a nada . . .

Acerca del autor

Martin Powell es escritor independiente desde 1986. Ha escrito cientos de cuentos, y Disney, Marvel, Tekno Comix y Moonstone Books, entre otros, publicaron muchos de ellos. En 1989, Powell recibió una nominación a los premios Eisner por su novela gráfica *Scarlet in Gaslight*. Este premio es uno de los mayores honores que puede recibir un libro de cómic.

Acerca del ilustrador

Victor Rivas nació y creció en Vigo, España, y ahora vive en las afueras de Barcelona. Rivas se desempeña como ilustrador independiente desde el año 1987 y trabaja en libros para niños y adolescentes, así como en revistas, pósters, animación para juegos de vídeo y cómics. En su tiempo libre, a Rivas le gusta leer historietas, ver dibujos animados y películas y jugar juegos de estrategia. Lo que es más importante, pasa el mayor tiempo posible con su hija, Marta.

Glosario

almas: partes espirituales de las personas

anteojos: lentes

bola de cristal: bola transparente hecha de cristal que se utiliza para ver el futuro

cabaña: casa pequeña

capa de montar: capa con caperuza que las mujeres visten al montar a caballo

flores silvestres: flores bonitas que crecen en la naturaleza

más sabio: más inteligente o con más experiencia

palacio: casa grande y majestuosa en la que vive un gobernante o una persona rica

seguro: traba o pomo de una puerta

tierno: blando

tonta: lenta, estúpida o insensata

La historia de Caperucita Roja

Muchos estudiosos creen que la historia de **Caperucita Roja** comenzó como un cuento popular cientos de años atrás. Estas historias se transmitían de manera oral de generación en generación. En 1697, el escritor francés Charles Perrault escribió la versión más antigua que se conoce del cuento en su libro *Contes de ma mère l'oie* (Cuentos de mamá ganso). El cuento de Perrault, conocido como "Le Petit Chaperon Rouge" era diferente de muchas de las versiones modernas. En su cuento, Caperucita Roja no logra escapar, y el lobo se la come. Perrault sabía que ese final trágico asustaría a sus lectores. Su intención era que el cuento enseñara una moraleja o una lección sobre el bien y el mal. De hecho, al final del cuento el autor había dejado un mensaje para sus lectores, donde decía: "Los niños . . . nunca deben hablar con extraños, porque si lo hacen podrían convertirse en la cena de un lobo".

El cuento de Perrault tuvo éxito en su época, pero la versión más conocida en la actualidad apareció muchos años más tarde. En 1812, Jacob y Wilhelm Grimm publicaron un libro con una recopilación de cuentos al que llamaron *Children's and Household Tales* (Cuentos para la infancia y el hogar). Ese libro incluía muchos de los cuentos de hadas más conocidos en nuestros días, como "Cenicienta", "Blancanieves" y "Rapunzel". El libro también incluía la historia de **Caperucita Roja**, que en inglés se llamó "Little Red Cap".

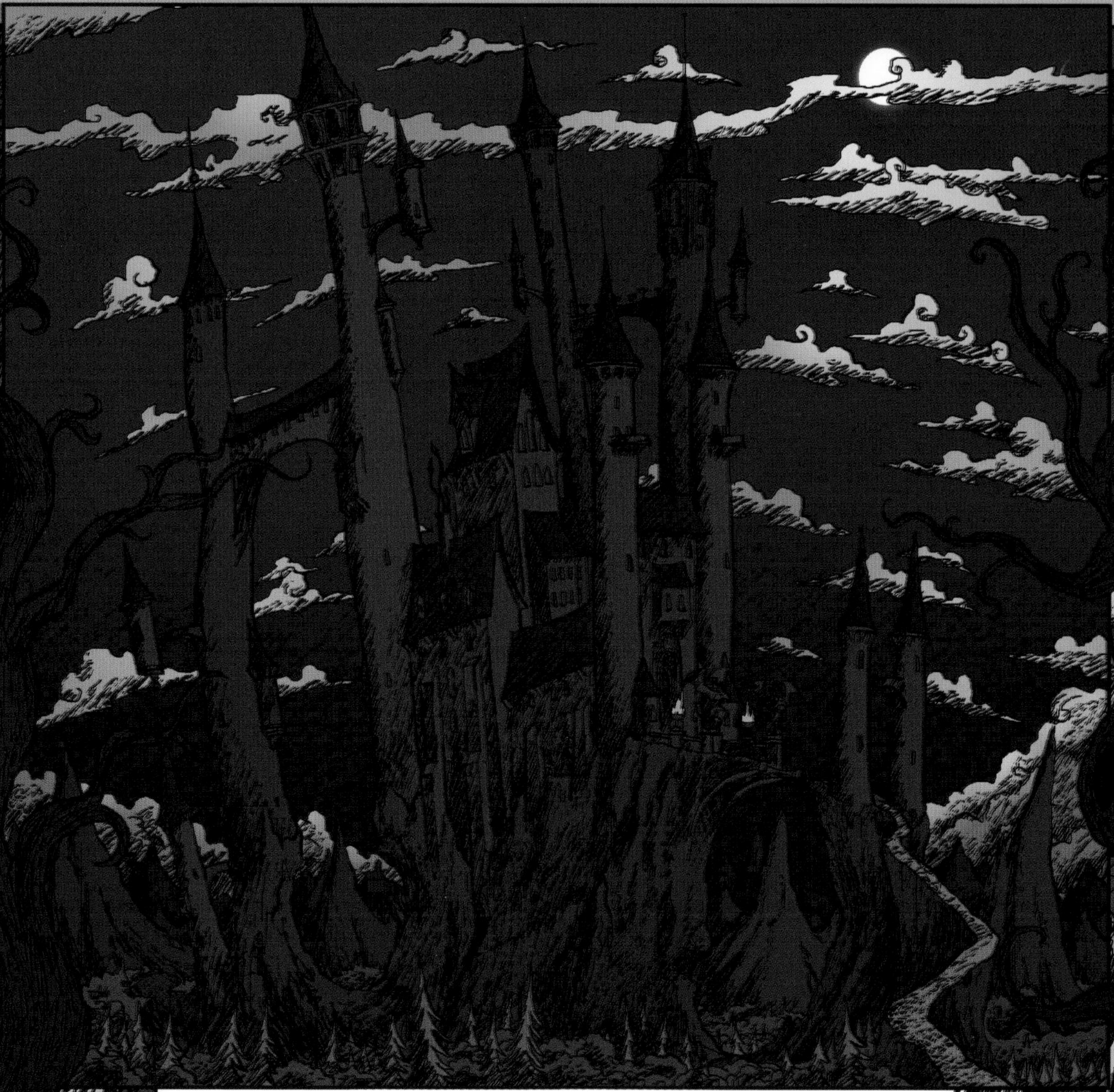

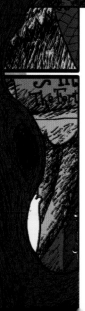

Si bien era similar a la versión de Perrault, "Little Red Cap" apuntaba directamente al público infantil.

Esta historia también enseñaba importantes lecciones a sus lectores, como no salirse del camino o no hablar con desconocidos. De todos modos, los hermanos Grimm le dieron un final feliz a su versión: un cazador salva del lobo a la niña y a su abuela. En otra versión de los hermanos Grimm, **Caperucita Roja** y la abuelita escapan sin ayuda. En la actualidad, cientos de versiones diferentes del cuento entretienen a niños y adultos en todas partes del mundo.

Preguntas para debatir

1. ¿Por qué crees que Rubí confió en el lobo? ¿Qué podría haber hecho diferente para mantenerse a salvo?

2. Al final del cuento, Rubí debe hacerle daño al lobo para salvarse. ¿Piensas que ésa fue una buena decisión? ¿Por qué?

3. Con frecuencia los cuentos de hadas se cuentan una y otra vez. ¿Habías escuchado el cuento de Caperucita Roja antes? ¿En qué se diferencia esta versión del cuento de las otras versiones que escuchaste, viste o leíste?

Consignas de redacción

1. Los cuentos de hadas son historias de fantasía que a menudo tratan sobre magos, duendes, gigantes y hadas. La mayoría de los cuentos de hadas tienen finales felices. Escribe tu propio cuento de hadas. Luego, léeselo a un amigo o a alguien de tu familia.

2. En este libro, Rubí tiene algunos amuletos para la buena suerte, incluidos su capa roja de montar con caperuza y un trébol de cuatro hojas. ¿Tienes algún amuleto para la buena suerte? Escribe sobre ese objeto y cuenta por qué trae buena suerte.

3. Imagina que el lobo, enorme y malvado, te persigue por un bosque. ¿Qué harías? Escribe una historia sobre cómo te escaparías de él y sobrevivirías.